感情は消え、
あるのは現実を認識する光だけ。
殺意も抱かず、
人を殺す——

戦塵外史《せんじんがいし》
野《の》を馳《は》せる風《かぜ》のごとく

花田一三六

GA文庫

本作は一九九六年に角川スニーカー文庫より刊行された作品に加筆修正したものです

我々の拠《よ》って立つこの大地を、「大陸」と呼びはじめたのは、随分と昔のことである。百年千年の単位でいう昔であり、いわゆる「大陸史」は、それほど深く長い道程をもつ。

こころみに、この大陸の歴史を河に例えてみよう。

当然のことながら、下流の河口は我々に見ることなどできない。上流も靄《もや》の中にあり、水勢激しく、遡上《そじょう》はなかなかの重労働であろうことが、容易に推察される。

それでもときに、好奇心に富む者などが上流へ挑み、道しるべなどを残してきた。親切な先人は、そのような酔狂《すいきょう》な者への手土産として、当時の生活の断片を保存しておいてくれたりする。

そういった先達《せんだつ》の手引きに従うと、筆者のような不精者でも、多少なりとも上流に分け入ることができる。小さな杓《しゃく》で、わずかながらも河上の水を汲《く》んで帰ることなどができるわけだ。

その水で、茶を淹《い》れてみた。

後に続く物語は、そんなしろものである。

目次

アバール自刎……9
一騎駆け……16
危険人物……34
亡国の少女……44
馬上試合……52
殺意……66
ため息……75
奪還者……86
キルスとラザーク……96
戦鼓の音……122

喧嘩……134
商人コルネリオ……146
酒宴……167
思惑……187
内と外……203
門衛たちの夜……216
反撃の朝へ……240
朝駆け……253
寵児……274

あとがき……280
解説……282

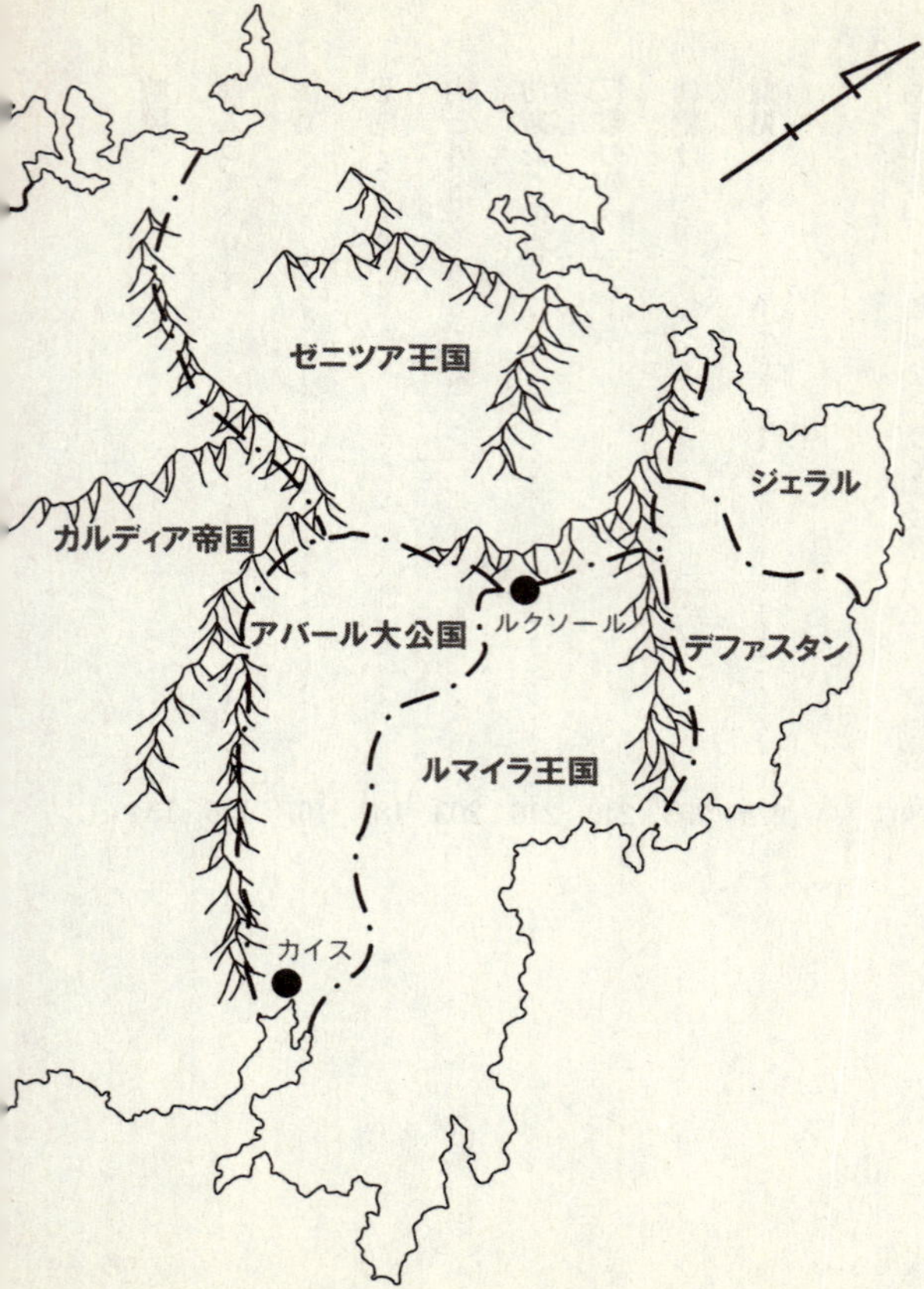
ゼニツア王国
ジェラル
カルディア帝国
ルクソール
アバール大公国
デファスタン
ルマイラ王国
カイス

「大陸」全図

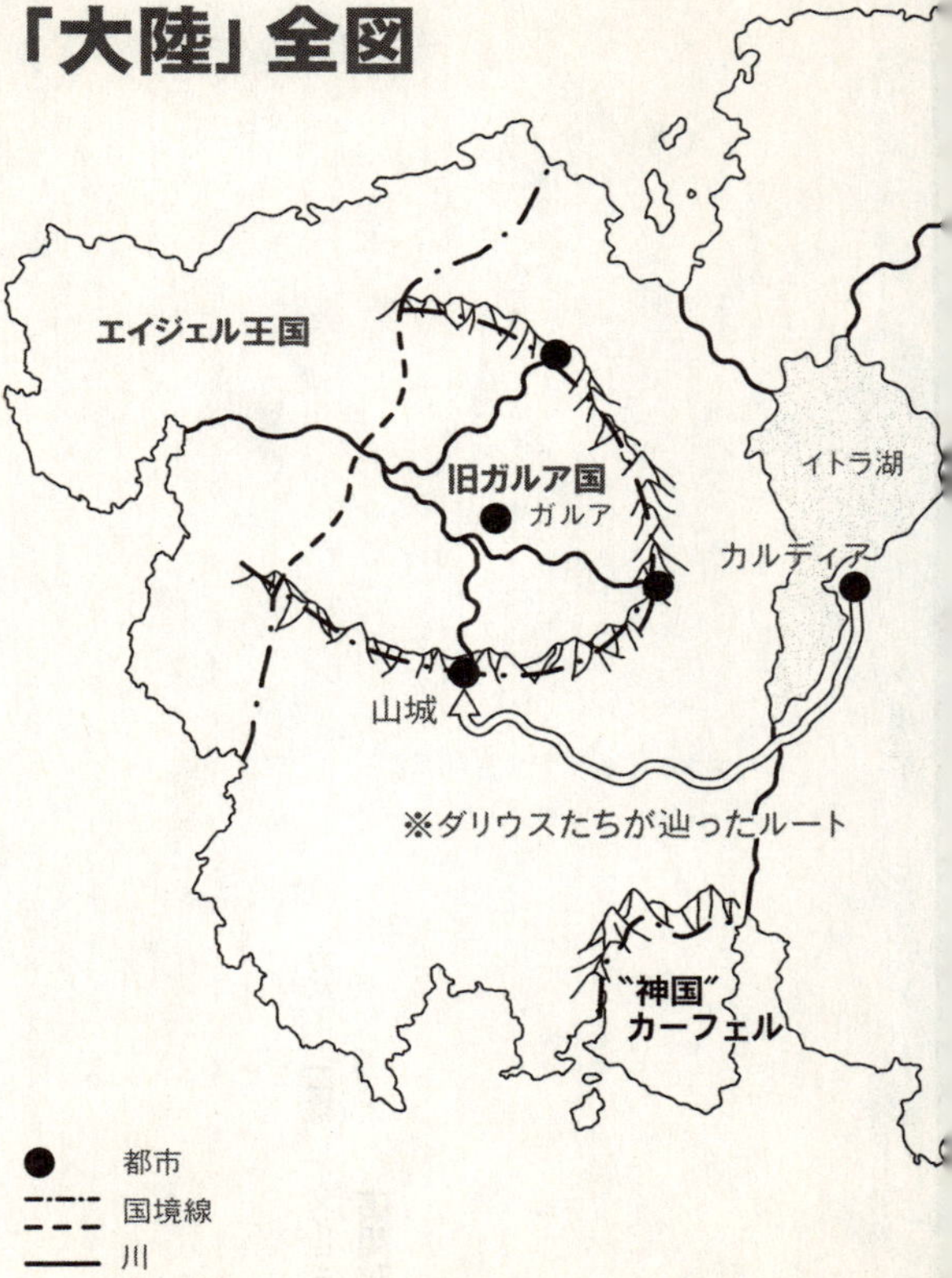
エイジェル王国
旧ガルア国
ガルア
イトラ湖
カルディア
山城
※ダリウスたちが辿ったルート
"神国"
カーフェル
都市
国境線
川

カバー・口絵　本文イラスト
廣岡政樹

アバール自刎《じふん》

国がひとつ、死に瀕《ひん》していた。

「面白かったな」

というのが、国の最高権力者アバール大公の感想である。不謹慎な物言いだ、と思われるかも知れない。たしかに、国ひとつ滅亡に導いておいて、「面白い」などと言うのは無責任の極みとも言える。

だが、当代の権力者というのは、みな、このような性質《たち》の連中だったのだ。

むろん、無念だとか残念であるといった感情がないわけではない。一代で一国の主に登り詰めた男だ。野心の塊が、服を着て歩いているようなものである。思い残すことは幾らでもあった。

同時に、思い残すことは何もない。

とんでもない矛盾であるが、

「ここまでやれたのだ。もう、いいではないか」

と、満ち足りていた。

三千万以上の人間が蠢《うごめ》く大陸で、国家としての体裁を整えていた国が、当時、九つ。たった九つしかない国で、その最高権力を握ったのである。なんという幸運だろう。そして、その才覚に自画自賛する。

だからこそ、「もういい」と思う。自分の才能は、十分に理解していた。これ以上、権力を握れないのは己の才能。ここで滅ぶのも己の才能。

「器だ」

と、至極あっさりと認めた。常に全力で生き抜いてきた男の、充実感がそこにある。

最後の願いは一つ。

華々しく散ること。

つまり、

「死に方に凝《こ》る」

のである。

「将を集めよ」

謁見《えっけん》の間で、アバールは命じた。武装を解かず、ただ、剣だけを玉座に立てかけた。そのまま、腰を下ろすと瞼《まぶた》を閉じる。鬨《とき》の声と馬の嘶《いなな》きが遠くに聞こえた。おそらく、そのほとんどが敵だ。

カルディア帝国。

その皇帝セヴェロスが、アバールの首に見えざる手をかけている。ぎりぎりと音を立てて締めつけていた。

ややあって、

「すべて揃いました」

と、声があった。左右に居並ぶ諸将を高みから見渡す。何名か欠けている。戦死したのだ。が、ひとり、その死に顔が思い浮かばぬ。

「ダリウスは、どうした」

いちばん手前に立つ大将軍に問う。

「殿下は、正面の城門付近で敵兵と槍を交えておられます」

城塞都市であったから、城門と言っても宮殿のそれではない。町並みを囲む壁にあった。

「一人か」

「いいえ。キルスとラザークが脇を固めておりますが」

大将軍が、世子《せいし》の腹心の名を出す。それでも、三人だ。

しかし、アバールは「そうか」と頷《うなず》いて、それきりであった。

「生きているなら、それでいい」

と言わんばかりの素っ気なさである。

「困った奴だ」

などという、嘆きの素振りも見せない。

「五人の子供をもうけたが、あやつだけが育ったな」

そして最高傑作だ、と感傷をないまぜにした静かな誇りを味わっていた。

軍議にも参加しない息子を、最高傑作と呼ぶ。その奇妙な情を、アバールは可笑《おか》しなことだと思わない。

アバール大公国の世子ダリウスは、

「闘神」

と、幾分か畏怖《いふ》を含んだ揶揄《やゆ》を囁《ささや》かれるほどの武辺者であった。

彼の残した『覚書』と呼ばれる雑記録にも、

「武人は敵の首を奪ってくるのが仕事だ。頭脳労働は、お偉方に任せればいい」

と、記されている。

こんな調子でうそぶく男が、よもや、

「戦場を見れば一目瞭然ではないか。軍議などする必要があるのか」

と、戦の度に洩《も》らしているとは。アバールと、ダリウスの腹心二人を除いて、誰もが想像すらしていなかった。

たいていの者は密かに嘲《あざけ》る。戦略、戦術の才に乏しい、腕力だけの無頼漢《ぶらいかん》であると信じている。今回など、

「国の大事だというのに」

と、憤慨する将もいた。が、ダリウスは、

「阿呆か」

と、一言で片づけてしまっている。

「この期に及んで、軍議もくそもあるかっ」

たいそうな剣幕でございました、という報告を受け、アバールは苦笑を禁じえない。おおよそ、一国の世子とは思えぬ言葉遣いであるが、状況把握は正確だ。

「いまさら息子を頼るのは、ちと、手前勝手が過ぎるな」

アバールは微苦笑《びくしょう》のまま黙した。

そもそも、カルディア帝国に勝てる要素など、何ひとつなかったのだ。それでも戦端を開いてしまったのは、戦で育った男の哀しい条件反射と言うべきか。

「みな、よく戦ってくれた」

良く通る声が、謁見の間を滑ってゆく。

「この地に生まれ、この地で育ち、この地に国を興すことができた。だが、これ以上、ついてくる必要はない」

「陛下っ。我々は最後の一兵になるまで戦いますぞ」

と、拳を固く握りしめるのは大将軍だ。

アバールは、ゆっくりと首を横に振る。

「もういい」

途端に、末席近いところで、若い将が悔し泣きを始めた。微《かす》かなすすり泣きであったが、奇妙に響く。やがて、謁見の間に哀しみが重く広がった。幾人も肩を震わせ、嗚咽《おえつ》を堪《こら》える。

と、アバールは安堵した。まだ、俺のために泣く男がいる。それが確認できただけで、十分良かった。

「待たせたな」

と、随分と先に逝《い》った妻たちを想う。

「これが、余の最後の命だ」

玉座から立ち上がり、傍《かたわ》らの剣を音もなく鞘《さや》から抜いた。両手持ちの剣である。刃が、鈍い光を発した。

「アバールの死にざま、生きて後世に伝えよっ」

大喝《だいかつ》するなり、己の首に強烈無比な一撃を叩き込んだ。駆け寄って止めるどころか、声を上げる暇すらない。呆気《あっけ》なく首が飛び、吹き上げる多量の鮮血が床を濡らす。頭蓋が玉座から一直線に転がり落ちた。残された四肢が痙攣《けいれん》し、重い音を立ててその場に倒れる。

驚愕《きょうがく》による静寂が謁見の間を制した。一瞬後、崩壊の兆しを覗《のぞ》かせる。

「聞けいっ」

すかさず、大音声が響いた。

「陛下は生きて伝えよと我々に仰せられた。どういう意味か、判っているであろう」

森閑《しんかん》とした中で、朗々とした大将軍の言葉だけがあった。諸将が頷く。

アバールの意思は、「降伏」である。カルディア帝国の皇帝セヴェロスは、苛烈《かれつ》で聞こえた人物だ。普通に降伏しても、受け入れずに殲滅戦《せんめつせん》を仕掛けてくる可能性が高い。そこでアバールは権力者の責任を見せるため、自ら生命を断った。その代償に、民衆や兵の助命を訴えたのだ。

死してなお、アバールは雄弁に語るのである。

「これ以上、犠牲を出すのは陛下の御意向にそぐわぬ。武装を解き、使者を立てる準備をしようではないか」

そう言うと、アバールの首を前にして片膝をつき、恭《うやうや》しく取り上げた。袖で血を拭《ぬぐ》い、見開いたままの目に瞼を下ろす。

これが、彼の望んだ、後世に伝わる「アバール自刎」の一部始終である。

今から七百年以上も前の出来事であった。

アバールには、ひとつ、誤算があった。

自刎《じふん》するのならば、少なくとも敵に姿を晒《さら》す必要があったのだ。降伏を訴えるには、もっとも有効な手段であった。それをしなかった理由は、もはや誰にも判らない。

これは、こちらの勝手な推測だが、ひょっとすると、アバールはセヴェロスを恐れていたのかも知れぬ。徹底した合理主義者であったセヴェロスは、それゆえに、

「魔王」

と評される残虐性を示すことがあった。

「部下に首を委ねておかぬと、何をされるか判ったものじゃない」

と、思っていたのかも知れぬ。

とまれ、誤算の報いは城外に殺到していた。帝国兵の攻撃が、いっそう激しさを増したのである。

なぜか。

まず、使者となった大将軍が、セヴェロスの大喝《だいかつ》を授かった。

「主《あるじ》の首を刎《は》ねておいて、自刎したとは何事だっ」

である。完全な誤解であったが、弁解するより、その剣幕に対する恐怖が勝っていた。慌てて逃げ帰ってしまったのである。その様子が、セヴェロスの癇《かん》に触り、ますます誤解の度合いを深める。

情けないと言えば、これほど情けない情景もない。だが、カルディア帝国の皇帝に対する恐怖心は、この事態を正当化できるほどの威力を持っていた。

「それは、仕方ないことだ」

と、戻ってきた大将軍に、他の将軍たちが慰めの言葉をかけたという話も残っている。

「殺されなかっただけ、ましだな」

快活に笑ったのは、城内へ戻っていた世子《せいし》ダリウスだ。

父の自刃など、まったく意に介していない様子であった。ただ、報告を耳にしたとき、

「遅すぎたかもしれぬなあ」

と、呟《つぶや》いた。その矢先に、大将軍の醜態である。

「どうも、セヴェロスというのは噂通りの男らしいな」

ダリウスは、喜々としている。

彼も、セヴェロスを風評でしか知らぬ。それも、魔王から始まって、人食い虎、血に飢えた狼、吸血の悪魔など。およそ、健全な人間に与えられる評価ではない。

だ。

それを、

「いいじゃないか」

と、言ってのける。そんな人間は滅多にいない。同じ時代に生を享《う》けたことに感謝するべき

「幸運すぎて恐ろしい」

と、くそ真面目な面で語るのである。

このとき、ダリウスは二十五歳。半スタルト（約一・八メートル）をゆうに越える上背と、しなやかな、それでいて板金のごとき筋肉を身にまとう偉丈夫《いじょうふ》であった。

心身ともに立派な大人であるはずだが、どうにもいけない。未知のもの、珍奇なものが傍《そば》にあると、子供のように無邪気な好奇心を丸出しにする。こらえきれず、すっ飛んでいって眺めたい気持ちを抑えられなくなる。おそろしく開放的な性格であったから、傍目《はため》でも、その感情が手に取るように判った。

「また、殿下の発作が始まったぞ」

一見して、優男《やさおとこ》とも思える白皙《はくせき》細目の騎士が、隣の男に話しかけた。キルスという腹心である。すっきりとした顔だちで、白馬に乗せれば童話の王子様そのままだ。ある意味、ダリウスより「貴種らしい」といえよう。

話しかけられた男は、頷《うなず》いただけである。

キルスとは見事に対照的な男。名を、ラザークという。日に焼けた、精悍《せいかん》な顔つき。狐狼《ころう》のような双眸《そうぼう》は、常に微弱な殺気を発している。なんと言っても、右頬の剣傷であった。こめかみから顎の先まで痛々しい。なにやら、盗賊団の頭のようである。これほど、宮廷に不釣り合いな男も珍しい。だから、というわけではないのだが、この男は常に不機嫌そうな仏頂面をしていた。

「見てみたい」

と、ダリウスは半ば叫ぶような調子であった。菓子をねだる子供と大差ない。

「会いに行くぞ」

まるで隣人を訪れるような気軽さで明言し、さっさと城門へ向かおうとする。

「キルス。親父の首を大将軍から貰《もら》ってこい。ラザーク。馬の用意をしろ」

一人は素直に従った。一人は声を上げた。キルスである。

「本当に行くんですか」

訊《たず》ねて、なんと無意味な質問だろうと、自分の間抜けさ加減に腹を立てた。

主は、こんな時に冗談など言わぬ。

会いに行くと言ったら、会いに行くのだ。目の前に敵がいようが、虎がいようが、そんな事は関係ないのである。そのうえ、世子であるといった意識も希薄なものだから、

「御身の立場というものを」

と諫《いさ》めても、聞く耳なぞ持ち合わせていない。結局、素直に従う他ないのである。

「俺は、なんて人を主にしちまったんだろう」

と、密やかに嘆息しつつ。

大将軍は、存外、あっさりと首を渡してくれた。世子が自ら使者に立つのだ。セヴェロスも考えを改めるかも知れない。そういった計算の結果であった。

その打算を、ダリウスは知らない。いや、知らない素振りをしている。

「小賢《こざか》しい」

とは思うが、詰問するような性分ではない。そんな暇があるのなら、一刻も早くセヴェロスに会いに行く。

現に、キルスとラザークを従え、たった三騎で城門を出ていた。

巨馬の鞍上《あんじょう》に、ダリウスの巨軀《きょく》がある。王族らしからぬ簡素な武装であった。しかし、少しでも武具の知識があるのならば、彼の得物を見て慄然《りつぜん》としたであろう。

「削《けず》り出し」

という製法の槍と剣だ。文字通り鉄の塊から削り出したのである。槍は馬上で使用するものであるから、長さは一スタルト（約三・六メートル）近くにもなる。恐るべきは、その重量であった。何十という樽《たる》の鉄鉱石を精錬し、鍛えたはずだ。高密度の鉄塊と化しているだろう。大人が、両手で持ってもよろめくに違いない。

超重量の武器は、それだけで脅威である。槍という体裁をとっているが、その必要がない。単に叩くだけで、人間の頭蓋骨など呆気《あっけ》なく消し飛ぶ。

しかもダリウスは、父親が己の首を刎ねているときに、この武器を片手でぶん回していたのである。

それが判っていたから、帝国の兵士たちはむやみに攻撃をしかけてこない。ただ、遠巻きにして矛先を揃え、三人に向けていた。数千に及ぶ兵をはさみ、その向こうに、本陣の帝国旗が翻《ひるがえ》って見える。セヴェロスは、そこに居るはずだ。

ダリウスは、鞍上で騎士の略礼をとった。

「馬上にて失礼する。我が名はダリウス。降伏の使者として参った。できれば、道を開けていただきたい」

気負いのない淡々とした声が、限りなく春に近い冬の風に乗って響く。しかし、帝国兵は隊列を崩すことなく、黙して槍を向けたままである。

「凍えたわけではあるまいに」

キルスが呟く。三月も下旬を迎えているのだが、いまだ大気は晩冬であった。大公国が北よりの国である証拠だ。とはいえ、大陸中原の帝国兵士が耐えられぬ寒風でもないはずだった。

ダリウスは再び口を開く。

「道が開けば武装は解除しよう。馬もおりる。歩いて、セヴェロス殿の前へ出る」

反応は、ない。ただ、陣列から一人の将が進み出た。

「降伏は認めぬという陛下の命。すみやかに城内に戻られて、最期のときに備えられよ」

「戻らぬ、と言ったら」

「不名誉な死を迎えることになる」

「もはや戦う意思のない兵卒を、虫のように殺すおつもりか」

敵将は答えない。感情を封殺した瞳で、ダリウスを見据える。

「この男も辛いに違いない」

と、ダリウスは察していた。一度ならず二度までも、降伏の使者をたてようというのだ。大公国に戦意がないのは、明らかである。それでも、攻撃の姿勢をとらなくてはならない。

「それほどに、セヴェロスが恐ろしいか」

ダリウスは内心でほくそえんだ。

「愉《たの》しめそうだ」

と、この先に居る男に思いを馳《は》せ、胸躍らせている。舌なめずりしかねない。

「答えぬのならば、直接、セヴェロス殿の口から聞くとしよう」

何気ない一言であったが、周囲の空気は一瞬にして張り詰めた。

「死に急ぐ必要はないはずだ」

と狼狽《ろうばい》する敵将に、ダリウスは薄い笑みを返す。両側で、キルスとラザークが背筋を凍らせた。これほど凄味《すごみ》のある笑みを、彼らは生まれて初めて見た。

野獣だ。

「なんで、こんな危険な生き物が地上にいるんだ」

と、敵将が小さく身震いした。

ダリウスは、槍を小脇に抱え込む姿勢をとる。突撃の構えだ。

「死に急いでいるのは、そっちだろう」

後悔するなっ、と吠えるなり、矛先目掛けて馬が疾走を始めた。赤毛の巨馬が、矢のような速度で兵士たちに突進してくる。ダリウスの形相は、まさしく魔神であった。瘴気《しょうき》を吐いているとしか思えぬ雄叫《おたけ》びが上がる。兵士たちは、悲鳴すら上げられぬ。ただ、原始的な恐怖に身体を硬直させるばかりであった。

それでも、半ば自棄《やけ》になった数名が槍を繰り出した。

刹那《せつな》。巨馬は、ダリウスごと消え失せた。一拍おいて、二名の兵が馬蹄《ばてい》に頭蓋を踏みにじられる。断末魔の叫びもなく、骨の砕ける軽い音だけが虚《むな》しく響いた。

槍の間合いを飛び越えたのである。

と、書けば簡単なことのように聞こえるが、実際は恐るべき跳躍力であった。最前線に立つ槍兵《そうへい》の槍は、二スタルト（約七・二メートル）近くになる。間合いというのは、それをさらに一歩踏み込み、突き出した状態の範囲をいう。つまり、最終的には二スタルト半（約九メートル）になるのだ。
魔神の駆る馬は、やはり魔獣であった。

ダリウスは、止まらない。

無造作に薙《な》ぎ払った槍にかかって、五名の兵士が首を地にこぼした。左手には、おおぶりの剣。跳躍の最中に鞘《さや》を払っていた。これで一名が、地面に垂直の亀裂を頭頂から股間まで入れられた。計六名が崩れ落ちた頃には、すでに敵陣深く躍り込んでいる。

二人の腹心が、さらに帝国軍の傷口を拡げた。

キルスの得物は、細剣である。すれ違いざまに、目を突き、喉を突き、心臓を突く。いざ反撃というときには、その場にいない。尋常ならざる侵攻速度であった。

鉄槌《てっつい》を淡々と振るうのは、ラザークであった。振り下ろされるたびに、帝国の死傷者の数は増してゆく。ダリウスの「削り出し」に劣らぬ重量の得物は、本来の能力をいかんなく発揮していた。とにかく、当たれば斃《たお》れる。振れば当たる間合いに敵がいた。

恐慌が一帯に満ちた。

勝利を確信していた兵は、命を惜しむ。逃げようとする兵と、背後から飛ぶ命令で詰め寄る兵が、押し合いを始めてしまったのである。

叫喚《きょうかん》。噴血《ふんけつ》。怒号。噴血。嘶《いなな》き。噴血。

血の帯を延ばしつつ、隊は一直線に本陣へ割れていく。

「いかんな」

キルスが眉間《みけん》に皺《しわ》を寄せた。ダリウスとの差が開きつつある。

「どうする」

と、ラザークに問う。寡黙《かもく》な戦士は主の背中を一瞥《いちべつ》し、「む……」と唸《うな》っただけだ。キルスが頷いた。

「そうだな。仕方ない」

どうやら、己の速度で進撃してゆくことに決定したようである。主の驍勇《ぎょうゆう》に付き合っていては、体がもたぬ。

一方で、ダリウスは早くも本陣に達しようとしていた。

が、その前に邪魔が一つ入る。

帝国の武将である。馬上で槍を構え、ダリウスを迎え撃った。おそらく、彼にしてみれば一騎討ちのつもりであったに違いない、最大の見せ場と心得た。ところが、ダリウスには、ひとつの障害物にすぎない。

「邪魔だっ」

と、槍を半回転させて無造作に石突で突き飛ばす。後方へ派手にすっ飛ぶと、気絶して、それきりであった。

柄《え》で突いたのは、将軍級の人物であると武装から判断したためだ。この男を殺してしまっては「降伏」の話も穏やかにできぬだろう、と考えたのである。これほどの混乱を引き起こしておいて、なお「穏便に済ます」という感覚であった。

セヴェロスは親衛隊に守られていた。その数、十五名。うち一人が、夜戦の達人と言われるイスワーンという武将であった。

「どいてくれぬか」

馬を止めると、立ちふさがるイスワーンを見つめる。これだけの大立ち回りを演じてみせたにもかかわらず、呼吸の乱れは皆無だ。

「それはできぬ。陛下をお守りいたすのが役目だからな」

ダリウスの眼光を、真っ正面から見据えてたじろぎもしない。ダリウスは内心で唸った。カルディア帝国というのは、なんと恵まれた国だろうと嘆息した。先の武将にせよ、眼前のイスワーンにせよ、実に愉しげな男たちがいる。

「うらやましい」

と、心底、感じ入った。

「イスワーン。さがれ」

兵の楯《たて》を越えて、声があった。一拍の躊躇《ちゅうちょ》があって、イスワーンと兵が道を開ける。やや痩身の男が歩み出てきた。

カルディア帝国皇帝、セヴェロス。

この当時、三十八歳。大陸全土を併呑《へいどん》するかの勢いで、版図《はんと》を拡大し続けていた。歴史をひもとけば必ず名の挙がる、希代の帝王である。

ダリウスは新種の動物を見る学者のような目つきでもって、セヴェロスを眺めた。

「とんでもない男だ」

というのが、第一印象である。直観したと言い換えてもいい。

ダリウスは初陣《ういじん》のときに、四人の敵将を撲殺している。十八歳の頃だ。赤毛の巨馬に跨《また》がると、先陣を切って突撃したという。敵の総大将に、

「火竜《かりょう》を駆る悪魔」

と言わしめる獰猛《どうもう》さであった。さらにそれが、幾多の戦を経て、戦場のど真ん中で練り上げられている。

同時に、当時の遊び人の典型であるが、古典に通じ、詩文に親しんだ。『覚書』には、その片鱗《へんりん》を見ることができる。また楽器をとれば、舞曲から俗謡《ぞくよう》までこなしたという。

そんな男にも、欠けているものがあった。

王の器だ。

「素質がない」

と、至極単純に、ダリウスは自己分析していた。

そして今、自身には皆無の性質を有した男が眼前にある。

「王とは、こういう男のことを言うのだな」

素直な感動でもって、カルディア皇帝を馬上から見つめていた。

まぎれもなく、セヴェロスという男は覇王の気質であった。田舎豪族のアバールなど比較にならぬ。その息子とて同じだ。

ようやく、ダリウスは馬を下りた。鞍《くら》にくくり付けておいた布包みを外す。父の首である。

「ご検分を」

無造作に差し出した。セヴェロスは動かない。かわりに、イスワーンが近づく。

「やはり用心深い」

ダリウスは胸中で舌打ちをした。みずから受け取りに出ると、槍の間合いに踏み込むことになる。それを恐れていた。

「このままでは斬れぬな」

と、ダリウスは毫末《ごうまつ》の気負いもなく、ただ漠然と思った。降伏を受け入れぬ場合は、殺そうと考えている。しかし、間合いが遠い。踏み込んでも、イスワーンが間に入るだろう。

「この男は殺したくない」

見た瞬間から、気に入っていた。男惚《おとこぼ》れと言うのもあるのだなあ、などと呑気《のんき》な心持ちである。

さらに言うならば、セヴェロスも殺したくはない。

「こういう男は、生きているから面白い」

そう、信じて疑っていない。

「殺したいか」

不意に、セヴェロスが聞いた。さすがのダリウスも、ぎょっとした。が、面に現すことはしない。イスワーンは物騒な台詞に立ち止まっている。

「いまのところは、さほど」

と、ダリウスは無表情に言う。

「殺せば、ますます降伏は受け入れられぬぞ」

「本気でそう思っておられるのか」

セヴェロスは答えない。ただ、酷薄な笑みを浮かべた。やや、自嘲《じちょう》気味であった。

カルディア帝国は、セヴェロス一人が遥かに突出していた。だからこそ、半ば独裁国家として成立していたのだ。頂点が崩れた場合、その下はほとんど横一線に並ぶ実力者である。帝国の覇権を争えば、大公国などという小国に構っている暇はなくなるだろう。

つまり、セヴェロスが死ねば大公国は助かる。

あの笑みは、

「その程度の国さ」

という意味なのだ。

「殺すか」

ダリウスは、さらりと考えた。しかし、大公国が助かった後、間違いなく自分が王位を継ぐことになる。その器を持ち合わせていないことは、先刻承知だ。

わずかな逡巡《しゅんじゅん》。

そして、出し抜けに、手にしていた首をセヴェロスに放り投げた。あっ、とイスワーンが声を上げる。居合わせた全員が、ほんの僅《わず》かな時間だけ白い包みに目を奪われた。

幸い、セヴェロスは落とすことなく捕まえた。

と、同時に、血に濡れた「削り出し」の槍先がセヴェロスの首筋で停止する。

イスワーン以下、囲んでいた精鋭が身じろぎ一つもできない。それほど見事な突きだった。

「大公国は降伏する。これ以上、我々を攻撃し戦意を失った兵を虫けらのように殺すのなら、今ここで、あんたを殺す。そのあと俺は、この場で死ぬまで槍を振るい続ける」

背後で二つ、人の気配がやってきた。キルスとラザークである。あの人海を突破してきたのだ。しかも、驚くべきことに、キルスは返り血を一滴も浴びていない。

「我々も、殿下に従います」

宣言したのはキルスだ。ラザークは、黙って頷いていた。鎧《よろい》から、他人の鮮血が滴《したた》り落ちている。

セヴェロスとて、当代の武人だ。相手の力量など一目で見抜くことができる。

であるから、この三人を相手にした場合、損害が三桁に達するであろうことは、想像に難くない。総数から考えれば微々たるものだが、それにしても、割が合わぬ。

セヴェロスの瞳が輝いた。少なくとも、ダリウスはそう思った。子供じみた輝きである。だから、次の言葉が予測できた。

「余の下で働かぬか」

予想どおりだ。

「断る」

と、返答に躊躇はない。もう、国に縛られたくはなかった。いっそ、この場で大暴れをして死ぬほうが痛快だと思う。

沈黙が流れた。

時の奔流《ほんりゅう》が目に見えるようだ。眩暈《めまい》を引き起こしかねない。

いい加減に、息苦しくなり始めたころ、セヴェロスの唇が動いた。

いわく、

「虎は飼えるが、竜は飼えぬ」

懇願《こんがん》の色が微《かす》かにある。腹心のイスワーンすら滅多に聞かぬ、穏やかな声であった。

「ほう」

と、細い目を見開いたのはキルスである。例えるなら、虎はイスワーン、竜はダリウスだ。

それを、「飼えぬ」と言うのであるから、「束縛しない」と同義である。

「ただ、戦のときに列に並んでくれ。それでいい」

「決まりだ」

普段のキルスであれば、膝を打ったことだろう。主は、

「戦が好きだ」

と、公言して憚《はばか》らぬ人物である。もしも、セヴェロスが金や女や権力を持ち出したら、嘲弄《ちょうろう》のひとつでも浴びせてやろうと待ち構えていたのだが。

降伏を受け入れるかわりに、ダリウスを傘下に入れる。戦場という餌をちらつかせて、見事に捕まえてしまった。

公私ともに、問題が解決したことになる。

「さて、殿下はどう出るかね」

笑みを隠そうともせずに、横目で主を見上げた。もはや、見合いの席に乱入した野次馬である。

「口説かれた」

と、ダリウスは思っていた。ここで、なおも渋るのは見苦しい。降伏という本来の目的も果たすことはできた。もはや、することがない。

「後は、よろしく頼みます」

ダリウスが槍を引く。この時点で、大公国は滅んだ。

この後の様子が少し、『士伝記』には記されている。

「さて、どうなさいますか」

と、キルスが訊ねた。とりあえず、帝国に行くことになるが、何から取りかかるべきか見当がつかなかったのだ。

「肉」

と、答えたのはラザークだ。まず、腹ごしらえをしようと言うのである。途端に、セヴェロスが大笑した。

「豪気。豪気」

と、しきりに頷いたそうだ。よほど、ダリウスを得たのが嬉しかったのだろう。その日のセヴェロスは、後日の反動が恐ろしく思われるほど機嫌がよかった。戦勝の宴《うたげ》では、

「自ら楽を奏ず」

とある。その巧拙《こうせつ》は、記されていない。

アスティアという女が、ダリウスの内縁の妻である。大公国が滅んで、およそ二か月後。五月であった。カルディア帝国の暦では、ちょうど十年。このとき、二十三歳。

「ずいぶんと、温和な目になった」

と、売り物の銀鏡《ぎんかがみ》に映る自分を見て思う。二年前、ダリウスと出会った頃は、もっと鋭い目つきだった。

熱心に勧める売り子に愛想笑いで答えると、通りを歩きだす。

帝都カルディアは、大陸最大の湖、イトラ湖の東南岸に接している。そこから引いた堀が王城を三重に囲む。王城を中心に、町は扇形にひろがっていた。大外の堀は、その町並みすら囲む規模であった。

むろん、生活圏はさらに外側にも広がっている。

当時、カルディアの人口は、推定でも五十万を超えたと考えられる。現代と比較しても遜色《そんしょく》ない大都市だ。しかも、帝国には同じような都市が他に五つほどあった。勢力のほどが知れよう。

大都市は、それに相応《ふさわ》しい大通りを持っている。人馬の往来が激しい。正午前という時間帯も、喧騒《けんそう》の熱を上昇させるのに一役かっている。昼を過ぎれば、仕事は翌日の準備だった。儲けは午前中に稼がなくてはならない。

アスティアは、ゆっくりと歩く。昔は、もっと急《せ》いていた。

暗殺者だった頃は。

「ダリウスのせいかしら」

と、考える。そういえば、以前の男言葉も消えてしまった。服装も町の女。仕種《しぐさ》も女。考え事をするときまで、女だ。意識すると、いささか照れくさい。

「ダリウスのせいだ」

ひとつ、頷《うなず》く。好きな男の前で、男のように振る舞う必要はない。男は女の前で、初めて男であることを意識する。女も同じだ。

「それでいいじゃないか」

と、ダリウスは言う。

「世の中、男と女しかいないんだ。男にしか出来ないこともあれば、女にしか出来ないこともある。五分と五分なんだよ。足したら、一になる」

完全な男社会であった当時としては、実に珍しい意見の持ち主だった。

「それにしても」

と、アスティアはなおも考える。足は常に同じ歩調で前へ繰り出されていた。人を巧みに避け、何気なく周囲を観察してしまう。芯まで染み込んだ暗殺者の癖だけは、なかなか拭《ぬぐ》えそうにない。

「キルスは、どこに行ったんだろう」

一緒に大通りに出ていたはずなのだ。夕食の材料を持たせるために引っ張り出したのだが、野菜を買っている間に消えてしまった。

「ダリウスのせいだ」

と、眉間《みけん》にしわを寄せる。ラザークは違うのだが、キルスは主《あるじ》の影響か、放蕩《ほうとう》の癖《へき》がある。何か面白い物事が目の前をよぎろうものなら、きれいさっぱり、本来の目的を忘れてしまう。ふらりと後を追っていくなど、日常茶飯事だった。

しかも、ここは帝国の首都だ。大公国のような片田舎と違い、人と物で溢《あふ》れている。ダリウスやキルスのような人間には、誘惑が強烈すぎた。

「ラザークを連れてくれれば良かった」

野菜の重さにうんざりして、愚痴をこぼす。

そのとき、喧騒の奥で怒声と罵《のの》り声があった。前だ。まだ先。人垣がある。そこだろう。

「あ、いた」

呟《つぶや》いて、小走りに人垣へ向かった。いちばん外側に、他の者より頭ひとつ高い優男《やさおとこ》がいる。

腕組みをして、中を覗《のぞ》き込んでいた。

キルスだ。

白皙《はくせき》の優男が、後で言い訳をするには、

「危険人物だと思ったので、後をつけました」

ということであった。

キルスに「危険人物」呼ばわりされたのが、人垣の中央にいる少女である。もっとも、最初は少年だと思っていたそうだ。たしかに、服装は男物で髪も短い。年のころは十五、六歳だったから、美少年風に見えなくもない。おまけに、剣を肩から下げていた。背丈と、ほぼ同じ長さ。九ストラ（約百六十センチメートル）ほどの身長を、わずかに柄《つか》が超えている。

「あれじゃあ、剣が抜けまい」

キルスは思ったが、後をつけたのは別の理由があった。剣の柄に彫り込まれている紋章を、どこかで見た記憶があったのだ。ところが、どうにも思い出せない。

「ついていけば、何か判ると思いまして」

思ったのだが、あては外れた。少女が町のごろつきに絡まれたのである。

ごろつき共にしてみれば、偉そうに派手な装飾の剣を持っていやがる、といった妬《ねた》みであろう。

「なんで助けなかったの」

キルスの肩に手をかけ、跳ねるようにして様子を窺《うかが》っているアスティアが責めた。相手は三人だ。キルスが本気でかかれば、一呼吸で地面に這《は》いつくばる手合いであった。

「いやあ。『手出し無用っ』とか言われそうなんで」

渡された野菜を抱え、のんびりと答える。アスティアも、あえて否定はしなかった。少女は見かけより、ずっと強い人間に思えた。

凛《りん》としている。

小憎らしいくらいの涼やかさだ。

「何もしねぇよ。ちょっと、その剣を見せてくれと頼んでるんだ」

ごろつきの一人が、猫なで声を出す。

「お断りいたします」

と、少女の唇から明快な答えが飛びだした。声もいい。と、アスティアは微笑む。惜しむらくは、その瞳だ。険がある。

「昔のわたしと同じ」

そう思うと、ひどく興味深く感じてきた。人を割って進むと、最前列の特等席に陣取る。結局、彼女もダリウスに毒されているのだ。当然、キルスも背後に立つ。

「人を探してるんだろ」

「そうです。強い人を、ね」

「俺たちが、その、強い人だ」

「そうですか」

少女が破顔した。男たちに虚が生じる。途端、ぶんっ、と大気が唸《うな》った。切っ先が、真ん中に立つ男の首に突きつけられる。

「な、な」

男が脂汗を流してたじろぐ。おそらく、抜剣《ばっけん》の瞬間が見えなかったに違いない。

「どうしました。ただの剣ですよ」

少女は、小悪魔のごとき微笑を湛《たた》えたまま、剣を下ろす。

「凄《すご》いですね」

キルスが囁《ささや》く。アスティアは小さく頷いて同意を示した。

普通なら、抜ける長さではないのだ。長身のキルスやラザークでも難しい。ダリウスで、どうにか、である。

独特の抜剣であった。肩に掛けていた紐《ひも》を外し、柄を握ると、鞘《さや》を斜め後方に傾ける。すると剣身が姿を現したところで、手を伸ばし、思い切り体を捻《ねじ》った。同時に、半歩前に踏みだす。これで、終わりだ。簡単な所作であるが、一呼吸で終わらせるには、かなりの習練を積まなくてはならない。

しかも、ここが実に小憎らしい所なのだが、埃《ほこり》ひとつ立てずにやってのけた。微笑さえ浮かべ、動きは舞いのように優雅ですらある。

ついに、ごろつきどもが、切れた。

これ以上、弄《もてあそ》ばれては彼らの沽券《こけん》にかかわる。いったん後方に跳ぶと、揃って得物を手にした。ごく普通の剣だ。ただし、帝国は一般人の武装を認めていない。つまり、彼らは現在でいう銃刀法違反である。

立派な犯罪者と言えた。

「どうします」

キルスが訊《たず》ねる。助けるか否か、という議論ではない。

「どうやって、助けましょうか」

と、言っているのである。なにしろ、えらく鼻っ柱の強い娘だ。助けに出ても、拒否するに違いない。下手をすれば、相手をする羽目になってしまう。

「まかせといて」

アスティアは悪戯《いたずら》っぽい笑みを見せ、キルスの腰の物を抜いた。断っておくが、キルスも帝国の法では一般人扱いだ。剣を持っているのは違法である。この点、ダリウスやラザークも同罪であった。しかし、お上の咎《とが》はない。

「使い方を心得ている人だから」

ということであった。もと世子《せいし》であったから、というのも一つの理由であろう。法といっても、当時はかなり流動的で、おおらかだったと言わざるをえない。

もっとも、ダリウスなどは言っても取り合わなかったはずだ。犯罪者と言うよりも、無法者と呼んだほうが適当か。

アスティアは抜き身の細剣を手に、少女の後ろへ進み出た。

「まいった」

と、キルスは相変わらず野菜を抱えたままで困り果てていた。彼女が大怪我でもしようものなら、ダリウスから半殺しにされるだろう。冗談ではない。間違いなく半殺しだ。

「仕方ない」

と、優男もアスティアを追って、ふらりと進み出た。取り巻きの連中は、二人組の出現による新展開に固唾《かたず》を呑《の》んで見守っている。

「お友達、ですか」

アスティアとキルスを見るなり、少女の声音が鋭いものへと転じた。ごろつき三人組より、格が上と判断したのである。

「若いのに、随分と場数を踏んでいるみたいね」

「質問に答えていただけませんか」

殺気だつ少女の視線を真っ向から受け止めて、

「否」

と、アスティアは言い放った。あからさまな侮蔑《ぶべつ》でもって、息巻く男たちに視線を投げる。

「こんな、ひどい顔をした連中と一緒にしないで」

「なんだと、この女《アマ》っ」

歯茎まで剝《む》き出しにして、ひとりが吠える。

「品性のかけらも無いな」

キルスは、ぼんやりと男たちを眺めている。彼の関心は、まず、抱えたままの野菜をどうするかであった。粗末に扱って、アスティアに怒られるほうが、よほど堪《こた》えるのである。

「下がっていてください。手助けは無用です」

と、少女は案の定、助勢を拒否している。厳しい顔つきであった。

アスティアは、こういった気の強さが嫌いではない。往々にして無用な頑迷《がんめい》さであるが、そこに存在の意義を見いだす時期もあることを知っている。

であるから、いなす方法も心得ていた。

「助けるなんて、言ってないけど」

「どういう、意味ですか」

「強い人を探しているんでしょう」

すっ、と顔を近づける。少女が初めてうろたえた。頰に微《かす》かな朱がさす。

「わたしたちが、この連中より強いってことを証明しようと思ってね」

どうして複数形なんだ、と傍《かたわ》らのキルスが目で抗議する。

「貴方がたが強いのは、見れば判ります」

「そうみたいね。でも、彼らは痛い目に遭わないと判らないみたいよ」

首を巡らすと、ごろつきが視界に入る。三人とも、全身を怒りに震わせていた。

「ぶっ殺してやるっ」

有無をいわせぬ斬撃が、三人に襲いかかった。

亡国の少女

深々とした夜であった。

広く、大きなあつらえの寝台で、アスティアは一糸も纏《まと》わぬ肢体を晒《さら》していた。息が弾んでいる。白磁《はくじ》のような肌が上気しており、月光と滲《にじ》んだ汗に淡く濡れていた。寝乱れた黒髪が、先刻までの熱情を物語っている。

夜のアスティアは、自分でも驚くほどに恥じらう。理性の残滓《ざんし》が痴態を察すると、潤んだ瞳を閉ざし、下唇を噛み嗤《つぐ》ませ、頰を寝具に押しつける。息を継ごうとして声が溢《あふ》れると、細い指に歯を立てて堪《こら》える。

同時に、その仕種《しぐさ》が、ダリウスの男を煽《あお》ることに気づいていた。自分の躰《からだ》の内から、爆《は》ぜるような快感を呼び覚ますことも知っている。

そのさざ波を限界の、目一杯まで膨らませると、止め金が弾け飛ぶ。

悪魔的な愉悦《ゆえつ》が全身を駆けめぐる。奔騰《ほんとう》する。我知らず淫《みだ》らな言葉を口走り、深く割り込んだダリウスに合わせて動く。

「ほんとうに、変な人」

と、アスティアは靄《もや》のかかった意識で思った。ダリウスの腕の中にある。昇りつめた後の、真綿にくるまれたような余韻に浸りつつ、火照《ほて》った躰を委ねていた。

いったい、この武骨な男の何処《どこ》に、女を前後不覚にしてしまうほどの繊細さがひそんでいるのか。

アスティアは、いまだに理解できない。

「皇子さまというのは、もしかすると、房中術《ぼうちゅうじゅつ》まで学ぶのかしら」

本気で、そんなことを考えたこともあった。信じられないのだ。指が、熱い舌が、囁《ささや》きが、恐ろしいほどの細やかさでもって、アスティアを責める。蹂躙《じゅうりん》すると言っていい。

おかげで、辺りを憚《はばか》らぬ艶声《えんせい》を上げてしまう。ひょっとすると、キルスやラザークの耳まで届いているかも知れぬ。なにしろ、二人とも異様に聴覚が鋭い。

もっとも、キルスは三日と空けず妓館《ぎかん》へ行く。細目の優男《やさおとこ》は、その筋では随分と浮名を流しているそうだ。

「ご婦人がたは、噂好きですから」

と、当人は涼しい顔で、のらりくらりとしている。彼に言わせると、妓館に通いつめる理由は「情報集め」であって、「断じて、享楽に耽《ふけ》っているだけではない」のだそうだ。

ラザークも枯れた老爺《ろうや》ではないから、ときに妓館へ行く。

ところが帰ってくるなり、

「少し、慎め」

と、あの鉄面皮に呆《あき》れた表情を乗せて、キルスをたしなめたことがあった。アスティアには想像もできぬ修羅場と化しているのかもしれない。大いに好奇心をそそられたが、ダリウスすら内情を教えてくれなかった。相当なものだったのだろう。結局、情報集め云々《うんぬん》は、やはり言い訳であって、女に関してはあまり信用しないほうがいいな。などと、アスティアはキルスの性格を再認識したものである。

いつしか、呼気が周囲の静穏と溶け合うほどになっていた。素肌が深夜の冷気を感じはじめている。意識が覚醒していく。気恥ずかしさで身を縮めた。つい先刻まで、熱い息を零《こぼ》して、儚《はかな》げに喘《あえ》いでいた自分を思い出すのだ。

「柄《がら》じゃない」

と、内心で呟《つぶや》く。暗殺者であった頃は、女であることすら利用した。単なる武器であり、機能でしかなかった。いまのような状態は夢の話だったのだ。しかし、いざ現実の事となると気恥ずかしい。しかも、没頭してしまっている自分に気づくと、その感情も二乗になる。

「寝たのか」

不意に腕を揺すられて、躰をあずけていたアスティアは我に返った。

「起きてる」

鼻にかかった、多少、甘えた声を出す。

周囲には、囁きさえ耳障りな静寂がある。風が木々を抜ける微《かす》かな音しかしない。

「明日、会ってみようと思う」

「彼女に会うのね」

乱れた髪をかきあげて、うつ伏せになると、頬杖をついた。


「フィアナ」

と、昼間の少女は名乗った。

すでに、ごろつきどもは官憲の手に渡っている。相手が悪かったとしか、言いようがない。特に、フィアナに襲いかかった男は、得物を握る右手ごと叩き落とされる羽目になった。なまじ、フィアナの顔つきに幼さが残る分、その光景は凄惨《せいさん》さを助長した。キルスの報告を聞いていたダリウスも、眉をひそめる。

「いけ好かない小娘だな」

と、感想を述べたのは、ちょうど暇つぶしに来ていたイスワーンであった。二十九ということで、ダリウスとは歳が近いせいか、帝国に移ってから何くれとなく世話をしている。

少女の剣に彫り込まれた紋章も、この男が知っていた。

「三本矢に蝶か。たしか、南西にあったガルアという国の紋章だったはずだ」

アバール大公国よりも小さい国で、馬蹄形《ばていけい》をしたアルクート山脈の内側にある国だ。であるが、この国を語るときは、すべて過去形にせねばならない。すでに滅んだ国であった。

「歴史は帝国よりも長いな。二百年近かったはずだ」

「二百年か」

ダリウスが唸《うな》る。一代で築き、朝露のごとく消えゆく国ばかりのご時世に、百年単位で存在する国は珍しい。ましてや二百年ともなると、かなりの重みが感じられた。

「何のために、ここに来ているんでしょうか」

というキルスの問いに、ラザークが例の仏頂面で、

「義兵」

と、短く答えた。亡国の紋章が入った剣を持っているのだ。ゆかりの者に違いない。おそらく義兵を募って、国の奪還を狙っているのだろう。そう、ラザークは言いたかったのである。

「そういうものは、地元で集めるものだろう」

「む……」

と、ラザークが、イスワーンのもっともらしい反論に黙した。

「それに義兵ならば、一人ずつ集めるような面倒なことはしない。地元の有力者に話をつけるのが筋というものだ。誰かを助けるとか、そんな理由じゃないだろうか」

「失礼ですが。その有力者が日和《ひよ》ったということも考えられますよ」

今度は、キルスが、もっともらしいことを言う。

「わたしとしては、義兵を率いてお国の奪還を狙う少女にしたいわね」

「まあ、そっちの方が面白いな」

アスティアの言に、ダリウスが物騒な同意を示す。

「しかし、埒《らち》があかないぞ。なんで、理由も聞いてこなかった」

「いや、殿下。そう言われましても」

「殿下はよせ」

ひらひらと手を振って、顔をしかめる。普段、キルスやラザークは「ダリウス様」と呼ぶ。ただし、これは身内だけのときである。他に人がいるときは、「殿下」であることを強調するために敬称を使った。

国が滅んでも、その癖は直らない。

「私どもより強い方がいると言ったら、その人に会うまでは口が裂けても、ということで」

「俺のことか」

「でん……ダリウス様しかいませんよ」

「ふうむ」

と、椅子の背もたれに体重をあずける。

「どうした。乗り気ではない様子だな。いつものお前らしくないぞ」

イスワーンの冗談にも、口の端《は》で笑うだけであった。

会ってみたい。

表面上は、そう思えるのだが、深層で一つ小さな棘《とげ》が刺さる。手首ごと斬り落としたという話が、いまだに気に食わぬのだ。

「戦場ならばともかく」

往来ですることじゃないな、というわけである。

イスワーンが辞して、アスティアを抱くに至るまでも、まだ迷っていた。

「珍しい」

と、ラザークが呟いたほどである。

ダリウスは滅多に迷いを見せない。

「我、事に於いて後悔せず」

というのが、生活信条の一つとなっていた。だからこそ、行動が素早いのだ。ときとして、それは周囲の肝を凍らせるが、自身の破滅を招くような事態に陥ったことは一度もない。その不可思議さに、後年、イスワーンなどは本気で首をひねっている。

寝所《しんじょ》の会話は、続いていた。

「どうして、会う気になったの」

訊《たず》ねる妻に、ダリウスは悪餓鬼《わるがき》のような表情を見せる。

「イスワーンが、帰りしなに言ったことを思い出した」

言われて、アスティアも思い出す。たしか、

「自重してくれ。お前が絡むと、事が大きくなりそうだからな」

といった意味の言葉だったはずだ。「らしくない」と言っておきながら、矛盾したことだと苦笑した記憶がある。

「イスワーンには済まないが」

と、ダリウスは内心で謝罪した。迷いは、好奇心と嫌悪を秤にかけたら釣り合ってしまったことから生じていた。そんなときに、イスワーンの言葉が好奇心に重りを加えたのである。

「事が大きくなる」

おおいに結構なことだ。小さいことより、派手に大きなことをしたほうが痛快この上ない。

イスワーンの啞然《あぜん》とした顔が目に浮かぶようで、アスティアは思わず吹き出した。ダリウスの胸板に額を押し当て、しばらく声を立てて笑っていた。

馬上試合

イスワーンが、ダリウスを訪れるときには、一応の口実をこしらえて来る。

つまり、本来の目的は暇つぶしだ。

ふらりと庭先に現れた友人に、ダリウスは、

「今日は何の用だ」

などと言わない。

黙って杯を渡し、葡萄酒《ぶどうしゅ》で満たす。いつも、そうだ。

そうして、しばらく互いに口を開かない。杯を干し、満たし、を繰り返す。それだけで、二人とも至極、機嫌がいい。

アスティアは、そんな二人に妙なおかしみを覚える。何が愉《たの》しいのか、ちっとも理解できない。にもかかわらず、えもいえぬ、落ちついた光景に心の平静を感じてしまう。

やがて、四半時《しはんとき》(三十分)も過ぎようとした頃、ふと、イスワーンが切り出すのだ。ようやく思い出した、といった口調で。

「今度、城で騎士たちの馬上試合を催すことになった。貴殿も出てみぬか」

「構わんよ」

こうして、イスワーンの口実は一瞬で終わる。後は仕事を放り出し、酒杯を傾けて談笑していた。もっとも、仕事を放り出しているのは、イスワーンである。ダリウスは仕事などない。無職生活だ。

セヴェロスとの盟約も、

「戦場での忠誠」

であったから、その他は一切関与しない。そのかわりに、金も貰《もら》えない。国に仕えているわけではないから当然か。

とはいえ、経済的に逼迫《ひっぱく》することはなかった。

仮にも世子《せいし》だった男だ。個人の蓄えは、それなりに持っている。帝国に移ってからは、アスティアを介して豪商に預けてしまった。投資したわけだ。月々の還元金で生活していたのである。

ところが、この一週間、ダリウスの金遣いが急に荒くなった。月の頭にもかかわらず、生活費が底を尽きかけている。

「困りますよ」

渋い顔をするのは、現実的なキルスである。

アスティアは、どういうわけか無関心であった。

「何とか言ってくださいよ」

と、すがってくるが取り合わない。使い切ってしまえば、どこを叩いても金は出てこない。来月まで待つしかないのだ。アスティアとて、金がなければ食事も作れぬ。だが、

「大丈夫」

と、キルスに断言できる理由があった。

ダリウスは、先日、フィアナに会ってきたのである。

「それだけですか」

キルスが間の抜けた表情をした。例の小娘に会ったから、どうしたと言うのだ。金が湧《わ》いて出るわけではあるまい。

至極もっともなキルスの反論に、

「ダリウスの腹心ともあろう男が、平和ぼけしたの」

と、小首を傾げて微笑んでみせる。

その言葉で、ようやく思い当たったようだった。

「戦ですか」

驚きを隠せない様子で問いを発する。

「そんなところ」

「そんなところって……知らないんですか。内容を」

「教えてくれないもの」

アスティアは、ひょいと肩をすくめて見せた。ダリウスは、ただ笑って、

「面白いことだよ」

としか言わないのである。

キルスは忙しく考えを巡らせた。いま、帝国が戦を起こす気配は見られない。すると、他の国の戦に参加するつもりだろうか。例の小娘がらみとなると西の話になる。しかし、大きな戦ならば、キルスの耳にも情報は届いているはずだ。そういうしくみになっている。

だいたい、キルスの経験からいって、

「ないしょ、ないしょ」

と、ダリウスが含み笑いをしている場合は非常に危険であった。ろくでもないことを思いついた証拠なのである。

「本当に戦なんですか」

「キルス。あなたって、疑《うたぐ》り深くなったわね」

「情報の吟味をしているだけです」

むっ、とした口調で優男《やさおとこ》に反駁《はんばく》する。

「判らないのかな」

と、アスティアは時折、不思議に思う。キルスは、ダリウスに付いて十年ちかくになるはず

だった。ところが、主《あるじ》の豪遊を理解できない。短い自分のほうが、漠然とであるが理解している。

ラザークなどは、さらに理解しているようであった。武器屋などにダリウスの槍や剣を、自分の物と一緒に手入れを頼んでいる。完全に、戦支度だ。

「キルスは俺と比べて人間がまともだからな」

と、後にダリウスは答えている。平和を愛するということは、たしかに良いことである。ダリウスも否定しない。ただ、平和には馴染《なじ》めぬ体質の連中もいるということだ。

キルスは平和を愛している。『士伝記』の表現を借りるならば「戦場中毒者」だが、彼の主に比べると格段に穏やかな性格であった。戦場での強さは、元来の精強さと開き直りだ。

であるから、ダリウスの心情が理解できぬ。

ラザークがもう少し雄弁であれば、

「武人の戦に、金は必要ない」

と、言ったことであろう。だが、今はいなかった。

「どこへ行ったんですか」

「城でひと暴れしてくるって言ってたけど」

むろん、言っていたのはダリウスだ。例の馬上試合である。

「聞いてませんよっ」

と、キルスが悲鳴に似た声を上げた。

「貴方には言ってないもの」

アスティアが当然のことのように言い放つ。

「どうしてですかっ」

「用なしになったんじゃないの」

冗談で言ったのだが、これは効いたようだ。血相を変えて飛びだすと、すぐに蹄《ひづめ》の音が響いてきた。


カルディア帝国の兵士は、専業の兵士である。

現在では珍しいことではないが、当時としては画期的な兵制であった。当時の軍隊というのは、八、九割が農民である。であるから、戦争は農閑期に行われた。セヴェロスは職業軍人をつくることによって、一年中、いつでも進撃できる状況を可能にしたのである。

とはいっても、あまり強い軍隊ではなかったようだ。特に、兵数で負けている戦で勝利したという記録は少ない。セヴェロス自身も、かなり負け戦を経験していた。なんといっても、

「余の逃げ足の速さは帝国一だ」

と、自ら言っていたそうである。

少なくとも、敵の二倍から三倍の兵力を投入するのが、帝国のやり方であった。

「常に、相手より強大な戦力を有しておれば負けることはない」

と『戦略概論』の著者は述べているが、まさに、それを地でゆく戦い方といえよう。

このように物量主義だった皇帝が、武芸を競うための催しを開いたのは意味がある。武官、とりわけ騎士たちが暇を持て余し始めたのだ。

騎士は、各々が仕える将軍のように、「経営」する所領を持っているわけではない。邸宅を与えられ、「某将軍株式会社」の社員として所領の運営に携わった。しかし、そこには専門の文官もいる。そうでなければ、戦から帰って来たときに荒廃した己の領地を見ることになる。当然、武官である騎士は仕事が限られた。国境付近の地方ならば、国境警備の任務などある。まだ、ましと言えた。

内陸の沃野《よくや》で働く騎士など、ひどいものだった。型通りの訓練は行うが、その後は、日がな一日惚《ほう》けていたりする。乱闘や傷害事件が出てくるのは、その二、三か月後だ。

そういった報告を受けたセヴェロスが、頃合いを見計らって試合を行うと通達する。参加は自由。優勝したものには、多少の賞金も出る。なにより、出世の足掛かりであった。

そういったわけで、騎士たちは一か月ほど修練に励む。試合が終われば、三か月はおとなしくなると見ていい。年に三回ほど試合を開いておけば、騎士たちは本来の職務に励み、一年は平穏無事に過ぎてゆくのである。

「憂さ晴らしだ」

と、ダリウスは馬上のフィアナに言った。ダリウスの馬である。自身は轡《くつわ》をとっていた。後には、鞍《くら》に武具一式を括《くく》り付けたラザークが、同様に轡を取って進んでいる。

「眺めはどうだ」

「最高です」

フィアナが、心底嬉しそうな笑みで応える。ダリウスの愛馬が、彼以外の人間を乗せるのは稀《まれ》である。町の人々も、そのことを知っていた。

「ダリウス様のご子息で」

と、訊《たず》ねてくる者もいる。

「馬鹿。俺は二十五だぞ」

よほど早熟でなければ、十六の子供などいない。

「それに、この子は女だ」

「左様で」

驚いた様子を、ダリウスが面白がる。

別の理由があって、フィアナは先日よりも男らしい風体をしていた。眉目秀麗《びもくしゅうれい》、一分の隙《すき》もない美少年である。色街の女が見たら、奪い合いとなるに相違ない。

とりわけ、ダリウスを笑わせて止《や》まなかったのは、男の反応である。

男はフィアナの正体を知ったとき、まず、安堵する。

「女でよかった」

と、思うのである。そうして安堵した自分に気づき、次いで、知らぬとはいえ男に秘めやかな欲望を抱いた事実に戸惑う。それが、微妙な顔筋の動きとなって面に現れる。

「見たか、あの顔っ。こんな顔だ。こんな」

と、後になって、いちいち真似をしては腹を抱えるのである。

一緒になって笑いながらも、フィアナは別のことを考えていた。

ダリウスは、カルディアに来て、まだ三か月だと語っていた。ところが、この馴染みようはどうだ。もう十年も暮らした人間のようである。不意に道を変え、裏道を通っているかと思えば、それが王城への近道であった。行き交《か》う人が、頻繁に挨拶をしてゆく。店の前を通り過ぎると、

「南方の酒が手に入ったんです。呑みにきて下さいよ」

「おいしいよ。食べておくれ」

などと、必ずと言っていいほどに声を掛けられる。果物の露天商から貰《もら》った野苺を口にしつつ、雑踏をかき分けてゆく。

フィアナは、カルディアに来て一か月しか経っていない。しかし、あと二か月して、目の前の男のように馴染んでいる自信はなかった。違いの元は、明白である。

「自尊心」

の差であった。

ダリウスは、もっとも原始的な自尊心しか持ち合わせていないのだ。

「生きることに対する自尊心」

である。その猛々《たけだけ》しいまでの生命に対する誇りが、ダリウスの原点であった。それ以外は、ない。であるから、人の好き嫌いはあっても、やたらと殺気だつことはない。

フィアナは、ふと、さみしく思った。

「自分は、余計なものを持っているのかもしれない」と。

しかし、捨てるわけにはいかない。いまの自分には、その誇りこそ生きていく糧なのだ。

目的を達するまでは……。


馬上試合は、いわゆる、一騎打ちである。

およそ三十スタルト（約百メートル）離れ、槍を持って向き合い、互いに馬を走らせる。すれ違いざまに攻撃を繰り出し、落馬した方が敗けであった。もしも、双方が落馬をまぬがれた場合、位置を交代して決着がつくまで繰り返す。むろん、このときに使用する槍は木製のものである。

五月下旬の穏やかな陽光が、カルディア帝国の王城メルツェデクの広大な中庭に降り注ぐ。板金製の鎧《よろい》を着込んだ騎士たちが数百人、顔見知りと歓談している。全員が出場者というわけはない。ラザーク同様、主の供として来ている者が、ほとんどである。

幾つもの話し声が重なり、かなりの騒々しさであった。

「壮観ですな」

と、ラザークが珍しく感想を口にした。それほど、人で溢《あふ》れかえっている。大公国の田舎では、おそらく一生見ることのなかった光景であろう。

不意に、人込みの外から声を掛けてきた者があった。

周囲の騎士たちが、一瞬にして沈黙する。人が割れ、道ができた。そこを、悠然と歩いてくる。

「あれが、セヴェロスだ」

ダリウスが、フィアナの耳元で囁《ささや》いた。

鎧下《よろいした》を身に着けている。おそらく、自身も出場するのであろう。

「狙いどおり」

である。

フィアナを一瞥《いちべつ》して、僅《わず》かに怪訝《けげん》そうな表情を見せたが、すぐに笑顔に戻った。

「来てくれたのか」

という皇帝に、略式の立礼で答える。

「イスワーン卿に、是非にと言われまして。お引き合わせしたい者もいたので、参った次第です」

「すると、試合には出ないのか」

「出ます。私と、この子が」

セヴェロスが、再び眉根を寄せた。

「お前の子供か」

と、訊ねる。皇帝であろうが民衆であろうが、考えの基本は同じのようである。

「いいえ。友人でしてね」

「若いな。幾つだ」

「十六でございます」

と、フィアナが答える。その声で、フィアナの性別を悟ったようだ。目を見開いた。

「名は何という」

「申し遅れました。バーラルでございます」

フィアナの偽りの名乗りにセヴェロスの眉が片方、ぴくりと跳ね上がった。バーラルとは、古フェリタリス語で「乱れ」の意だ。つまり、

「引っかき回すぞ」

という、一種の脅しであった。しかも、男性名である。

余談であるが、アバールというのは「物を作る人」の意味がある。ダリウスの曾祖父は工匠

だった。おそらく名付け親は、この曾祖父なのであろう。

「お前の入れ知恵だな。ダリウス」

眼光鋭く睨《にら》むセヴェロスに、

「何のことでしょう」

と、すっとぼけて見せる。

「何を考えているかは知らぬが、それなりの覚悟はできているのだろうな」

収拾のつかない事をしでかすつもりならば、殺す用意はできていると言うのである。

「バーラルは、こう見えて、なかなか度胸のある奴でして。当然、それなりの覚悟もしているはずです」

平然と、しかし真顔で言い切った。

「バーラル。余は、少しばかりひねくれた性格でな」

一歩、踏みだしてフィアナの目の前に立つ。口の端《は》に浮かぶ笑みは、あくまで不敵だ。

「多少のことで、こころ動かしはせぬぞ」

「魅せてご覧にいれましょう」

たじろぎもせず、フィアナは誓った。

「魅せる、か。面白い。さすがに、ダリウスの友人だけはある」

喉の奥で笑うと、踵《きびす》を返した。供を従えて城内に戻る。

完全に姿が消えると、フィアナは大きく息を吐いた。膝の震えが傍目《はため》にもわかる。

「よくやった」

微笑むダリウスに、引きつった笑顔を見せる。

「あれで……本当に、良かったんですか……」

いくぶん心細そうな声に、ダリウスは大きく頷《うなず》いた。

「セヴェロスだから、大丈夫なんだ」

言いつつ、フィアナを中庭の隅まで連れていく。手近な石段に腰を下ろさせた。

「売られた喧嘩は、買う男なんだよ」

そういって、口の端で笑ってみせる。フィアナは、思わず息を詰めた。先のセヴェロスと、まったく同じ笑みだったのである。

殺意

試合は、おおいに盛り上がった。

頂点に達したのは準決勝である。第一試合は、ダリウスと壮年の将であった。対戦相手のすべてを一撃で片づけていたダリウスの腕力に、初めて耐えたのだ。

「あの、ダリウスが」

ということで、観衆は興奮に沸き返っていた。

その昂《たかぶ》りをよそに、当人は平然としている。まだ、本気ではないのだ。

であるから、その後の勝負は一撃で終わった。

合図と同時に、猛獣のごとき咆哮《ほうこう》が上がった。赤毛の馬は蹄《ひづめ》を轟《とどろ》かせ、塵《ちり》を後方に巻き上げる。皇帝に「竜」と呼ばれた男は、その獰猛《どうもう》さを完全に顕《あらわ》していた。槍が突き出されると、人馬とも凍ったように立ちすくんでいた相手は、鈍い音を立てて地面に転がり落ちた。鎧《よろい》の止め金が弾け飛び、ダリウスの手にしていた槍は、手元から折れている。

対戦相手の将は、その場で白目を剝《む》いていた。

高らかに勝利者の名が呼び上げられると、大きな拍手が起こった。正式には仕えていないものの、伝説的な驍勇《ぎょうゆう》は誰もが耳にしている。それを目の当たりにした、素直な感動であった。

興奮が冷めやらぬうちに、第二試合が準備された。

これも盛り上がること必至である。

皇帝セヴェロスと、バーラルと名乗る美少年なのだ。

前者はともかく、バーラルが勝ち残ると予想した者は、ダリウスを除いて一人もいなかったであろう。まして、女と知ったらどう思うか。

「なるべく、声も上げるな」

と、ダリウスは試合前に釘を刺しておいた。

そもそも、帝国の騎士位を持たぬ、ダリウスが出場できただけでも特例なのだ。さらに、その願いで出場するフィアナなど、特例中の特例と言えた。だからこそ、男装であった。女と知れたら出場もできなかったであろう。さすがのダリウスも、無用な波風を立てる気はない。おとなしくしていた。

目的は、あくまで別にあるのだから。

「速さは、キルスを凌《しの》ぐな」

と、セヴェロスは対戦相手の闘いぶりを見てきて、冷静な分析を下していた。

相手が女であることは勘づいている。だからといって、いまさら事実を公表し、己を不戦勝

とする気にはならなかった。少女に敗れた騎士たちの体面もある。もっとも、騎士の名誉に関しては、

「公表して、自戒をうながす」

という手に使えるのだが。これは、後でもゆっくり思案できる。

今は、試合だ。組み合わせに少し細工をしていた。セヴェロスは、フィアナと準決勝で当たるようにしておいたのである。ここまで辿《たど》り着けば相手をしてやろうと言うのだ。そして、見事に勝ち抜いた。

瞬間、皇帝は決意した。

「喧嘩を買った」

のである。大人げない。男らしくないと周囲の者は言うかもしれぬ。敗れることになれば、なおさらだ。しかし、開始線で鎧の具合を確かめている少女は、まぎれもなく一個の武人だった。性別や年齢は関係ない。まして、地位などは意味を持たぬ。

「このセヴェロスに喧嘩を売ったのだ。それなりの覚悟はして貰《もら》うぞ」

槍を握る手にも、力がこもる。

「双方、指定の位置へ」

審判の声が中庭に響く。セヴェロスが騎士の礼をとった。彼方で、フィアナも同様にする。

戦闘開始だ。

八つの馬蹄《ばてい》が地を踏みならした。軽妙な音に、重く分厚い音が覆いかぶさる。

「ダリウスめ」

と、猛烈な速度で距離を縮めながら、セヴェロスは毒づいた。

フィアナの騎馬は、あの化け物なのである。ダリウスの赤毛の巨馬だ。

戦闘時に高所を支配し優位を確保するという原則は、対個人においても変わらない。ダリウスの愛馬は普通の軍馬よりもはるかに大柄である。当然、鞍《くら》の位置も高くなった。小柄なフィアナでも、上から男を見下ろせるのだ。

不意に、フィアナの槍が一つの点に変じた。セヴェロスから見て、である。先端が、狙い違《たが》わず眉間《みけん》に向いている証拠である。

「まずい」

と、咄嗟《とっさ》に首をひねった。面当てをかすめるようにして、雷光を思わせる一撃が視界をよぎる。そのまま、すれ違った。

観衆が沸き返る。

セヴェロスは、まったく手が出せなかった。

「惜しい。もう少しだ」

と、ダリウスが指を鳴らして悔しがる。

その背後で、突如、殺意が渦巻いた。三つ。

「ダリウス様。止めさせてください」

と、ラザークは、洗練した刃《やいば》を連想させる殺気の持ち主に言った。

口調は穏やかだが、端々に剃刀《かみそり》のごとき鋭さが秘められている。キルスであった。その横には、イスワーンがいる。

「何の用だ」

「ダリウス。何のつもりだ」

「見ての通りだ」

振り返りもせず、答える。

「陛下を殺す気か」

「さあて」

ようやく振り返ると、首をひねった。

「俺にも判らん」

「あれは、明らかに殺す気でしたよ」

キルスの言を、「そうだな」とあっさり認める。

「気づいた人は少なかったでしょうが、あの一撃は、明らかにセヴェロス殿の眉間を狙って放たれています」

「それで」

「普通なら、胴を狙うのが試合の作法でしょう」

「力がないからな。狙いが定めにくいのかも知れぬぞ」

「だったら、どうして眉間のような小さい標的を正確に狙えるんですかっ」

「それもそうだ」

またも、素直に認める。

「貴様、いったいどういうつもりだ」

イスワーンが、低く声を荒らげた。

「どうもこうも」

と、ダリウスは動じた様子もなく首を振る。

この男は、フィアナの正体を知っていた。その目的も知っている。ただ、そこに「セヴェロスを殺害する」という事項は含まれていなかったのである。だから、フィアナの意図が読めない。

「俺にも判らん」

と、答えるしかないのである。

「ともかく、これ以上、続けさせるわけにはいかぬ。陛下をお守りするのが、私の役目だ」

「ダリウス様。事が大きくなる前に、止めてください。さもなくば」

キルスが、腰に手を伸ばした。実力行使に出るという意味である。

「それは、困る」

と、ダリウスは初めて明確な意思を示した。

「邪魔が入らないようにする、という約束だ。守らねばならん」

我ながら頑固だ。と、内心で苦笑する。ラザークが、わずかに腰を落とした。手が、柄《つか》にかかる。

四つになった殺気が、激しく大気を震わせた。キルスとイスワーンには、ダリウスの背後が陽炎《かげろう》のように歪んで見える。

周囲で、わっ、と歓声が上がった。

対峙《たいじ》する二組の男たちをよそに、再び、騎馬が疾走を始めたのだ。


集中力は、無駄なことをすべて削り落とす。

セヴェロスの耳には、歓声など届いていなかった。真っ直ぐに前を見据え、怒濤《どとう》の勢いで迫る相手を、打ち倒すことしか考えていない。

間合いに入る。鋭い突き。またしても眉間だ。体を傾がせると、紙一重の差でかわす。同時に、得物ごとぶつかった。相手が声もなく弾け飛ぶ。地面に転がる姿に勝利を確認した。

驚いたのは、その後だ。二転、三転すると、勢いを利用して立ち上がったのである。気絶しても不思議でない衝撃であったはずだ。それが、何事もなかったかのように土まで払い落としている。おそらく、天性の柔軟性と敏捷性《びんしょうせい》の良さであろう。

馬を寄せた。フィアナが、勝者を仰ぎ見て騎士の礼をとる。それから、沁《し》み通るような笑顔を見せた。

「確かに、魅せてもらった」

セヴェロスにしては最大級の賛辞で応じると、観戦者のほうに目を向ける。

「ダリウス。馬に乗れっ。決勝戦だっ」

意思を察した巨馬が、自ら本来の主《あるじ》の許へと戻っていく。

「そういうことさ」

武人は一言残すと、疲れ切った表情のキルスとイスワーン、変わらず仏頂面のラザークに背を向けた。

ため息

優勝は、ダリウスであった。

例によって一撃である。イスワーンの手を借りて起き上がり、準優勝の皇帝は言った。

「埃《ほこり》を落とした後で、話を聞こう」

喧嘩を売るのは、わけがあるはずだ。その理由を聞こうというのである。

「一刻（約二時間）後に、参上いたします」

と、ダリウスが告げた。一度、館に戻って服を着替えるつもりであった。

時間どおりに、

「ダリウス卿が参られました」

という侍従の声を、セヴェロスは聞く。

いかめしい面構えの衛兵が、扉の両側に立つ部屋に入る。重臣たちとの会議で使用する部屋であった。むろん、選んだのはセヴェロス自身だ。

扉が開かれ、中に入る。

すでに通されていた四人が、席を立って礼をとった。

セヴェロスは、黙したままであった。いや、声が出なかったと言うべきか。四人の姿を見て絶句したのである。

まともな、服装であった。

普通の人間ならば、何も思うまい。しかし、目の前の男は、あのダリウスなのだ。無造作に伸ばしてあった髪は、すべて後ろに流してあった。巨軀《きょく》が、正装をしている。今はなき大公国の官衣を着用し、「やんごとなき」人物であったことを証明していた。窮屈な印象を与えないのは、美的感覚というものだろう。

「似合うな」

ため息をついた。理想が立っているのである。強く、自由に生き、諸芸に明るい。

「宮廷には似合わぬというのが、ただ一つの欠点だ」

と、思っていたのである。見事に覆《くつがえ》された。

ダリウスだけではない。キルスやラザークも、同様である。もっとも、ラザークの表情は相変わらずであったが。

そして、フィアナだ。

男装ではない。上品な服装は、年齢よりもはるかに大人びて見える。短い髪もまとめられ、うっすらとではあったが、化粧もしていた。

女が、薫る。

「今日は若い騎士たちもいる。あまり惑わせないでくれよ」

セヴェロスが、いくぶん本音を含んだ冗談を口にしたほどであった。

途端に、フィアナは照れたような笑みを零《こぼ》したが、すぐに真面目な顔つきとなった。

「さきほどまでの数々のご無礼、お許し下さいませ」

「いや。謝ることはない。あれはあれで、楽しい余興だったぞ」

従者に席を外すように命じつつ、フィアナの謝罪を笑い飛ばす。先刻の緊張感なぞ、見事に忘れ去っているようであった。

ダリウスとフィアナが着席し、キルスとラザークが背後に立ったのを見計らい、セヴェロスは卓上にやや身を乗り出す格好になった。

「さて、すまないが話は手短にしてくれ。この後、将軍たちとの話し合いもあるんでな」

一呼吸おいて、フィアナが口を開いた。

「わたくしは、二か月前に滅んだ、ガルアの皇女フィアナです」

告白にも、セヴェロスは平静だ。眉ひとつ動かさぬ。

フィアナ・アルバハート、というのが彼女の名前である。『士伝記』には「フィーナ」と記されているが、『覚書』はフィアナだ。彼女の資料として現存する『士伝記』第三十八巻は、原本ではなく粗悪な写本であるから、おそらく写し間違えであろう。

ガルアの公式な記録は、滅んだときに焼き尽くされている。であるから、そもそも彼女が、

「本物の」皇女であったかも判然としない。証拠の剣にしても、どさくさで手に入れた可能性もありえた。

信憑性《しんぴょうせい》の問題を述べれば、どれもこれも胡散臭《うさんくさ》い。はっきりしているのは、このあとに巻き起こる騒動と、ダリウスが彼女を疑っていなかったということだけである。

「驚かれないのですね」

「イスワーンから、話を聞いていたからな。おおかた、そんな事だろうと思っていた」

やはり、な。

と、ダリウスは皇帝の言に一人、静かな納得をしていた。

イスワーンが親しくしているのは、友人としてだけではないのである。ダリウスには、その気が無いにせよ、元大公国の世子《せいし》だ。危険な要素を孕《はら》んでいるのは間違いない。

「目付役」

なのである。情報は、常にセヴェロスへ流れていると思っておかなくてはなるまい。

フィアナが、俄然《がぜん》、勢い込んだ。

「ならば、私の言いたいこともお判りですね」

「いいや」

皇帝は冷たく首を振った。この場合、あくまでも彼女の口から言わせなくてはならない。一国の王が、軽々しく口にすべきことではなかった。たとえ判っていても、だ。

「噂通りのお方でございますね」

フィアナの微笑に、セヴェロスも笑みで返す。

「噂の出所を知りたいものだな」

フィアナの隣席に視線を向ける。瞼《まぶた》を閉じ、彫像のような神妙さで座っているダリウスが、眼光を弾いた。

彼は、フィアナの問題と考えていた。交渉に口を出すべきではない。

いささか、気圧《けお》されてもいる。

大陸最大の国家であるカルディア帝国の皇帝と、フィアナは対等に話している。それは、町で刃《やいば》を振るった剣士ではなく、馬上試合で闘志を剝《む》き出しにした武人でもない。

まぎれもなく、皇女である。

しかも、

「兵を挙げて頂きたく存じます」

と、ひどく大きな話を持ち出す人物であった。

大器だ。

というわけである。そこが、気に入った。

「兵を挙げて、国を奪い返せというのか」

「いいえ」

フィアナの否定に、セヴェロスは怪訝《けげん》な顔をする。亡国の皇女が、「兵を挙げてくれ」と申し出たのだ。「奪い返してほしい」と考えるのが筋だろう。その後に、セヴェロスの血縁者と婚姻関係となり、帝国に従属するという意味を含めてである。

「私は、もう国や権力などいりませぬ」

微笑が一転して、引き締まった。

「ただ、一矢。あの侵略者に一矢報いてやりたいのです」

形の良い唇から、血を吐くような執念が迸《ほとばし》った。

セヴェロスは沈黙する。後にキルスが、

「息を吸うのも憚《はばか》られました」

と語ったほど、重く硬質な空気が部屋に満ちている。

ややあって、セヴェロスは思考に決断を下した。

「断る」

と。

「説明は、あるんでしょうな」

静かに訊《たず》ねたのは、ダリウスだ。

大義名分という言葉がある。人が守るべき道理というのが、その意味だ。戦争を仕掛けるときには、これを掲げた。いわば、口実である。仕掛けられた側から言えば、

「言いがかり」

である。ともかく。亡国のガルアの皇女が、「兵を挙げてくれ」と言うのならば、大義名分は通されたことになった。

それでも拒絶したのは、理由があった。

まず、フィアナが本物の皇女であるという証拠がない。剣は本物であるから、彼女を奉《たてまつ》るという事もできるが、失敗の可能性が高い。

次に、兵数の問題がある。

カルディア帝国の兵数は、最大に動員して五十万を超える。ただし、かなり無理をした場合だ。しかも、攻めているあいだ他の国境線が手薄になる。あまりにも短絡的な戦い方と言えよう。

ガルアを滅ぼした西端に位置する大国は、総兵数が二十万ほどである。セヴェロスの「戦いの原則」に従って考えるのならば、四十万は投入しなくてはならない。つまり、最大に動員するつもりで準備期間を設けなくてはならないのだ。

むろん、四十万もの兵を率いるならば、それにともなう資金も莫大《ばくだい》なものとなる。

人的資源。時間。資金。

古来、戦において重視しなければならぬ要素が、この三つである。いまの帝国には、その条件を満たすほどの余裕はない。

セヴェロスは、ゆっくりと説明した。理路整然としており、反論の余地はない。

「時期尚早」

と、最後に付け加え、ガルアの皇女を見つめた。

彼女も見つめ返す。黒く、大きな瞳だ。光が、乱反射している。中央に、セヴェロスが映りこんでいた。瞳の中のセヴェロスが、フィアナと共に見つめている。

本心を言ってくれ、と。

「一矢報いたい」

という言葉には、確かに心が動いた。実際、ダリウスを動かした言葉でもあった。これが、ただの文面であったら葛藤はなかったであろう。当世の女とは思えぬ執念を見せたからこそ、揺れ動いたのだ。よしんば演技だとしても、騙《だま》されてもよい、と思わせる気迫があった。

しかし、彼には「箍《たが》」がある。

帝国の皇帝という壊しがたい箍だ。それは、権力への執着でも、地位による束縛でもない。為政者《いせいしゃ》としての義務である。

感情で、国は動かない。

半ば独裁国家であったにもかかわらず、カルディア帝国が繁栄した理由は、ここにある。己の感情を無視するという、非常に困難な重労働を彼は死ぬまで続けたのだ。

「そろそろ時間だ。面白い話だった」

物語として済ませ、ダリウスたちは不介入の姿勢をとるのが、唯一の協力であった。

「セヴェロス殿。ひとつ聞きたい」

不意に、ダリウスが訊ねた。セヴェロスが促すと、

「空白の土地があったとしましょう。その所有権は、誰にありましょうか」

と、古典にありがちな質問口調で質問した。

「いちばん最初に手に入れた者だろう」

「では、もとは誰かの土地であったところが、空白になったとしたら」

「それも、いちばん最初に手に入れた者が所有権を持つ」

そうでなければ、帝国の版図《はんと》は大部分が他人の所有物になってしまう。

「わかりました」

微笑むと、席を立つ。セヴェロスも、口の端《は》に微《かす》かな笑みをつくっていた。

「我々は、これで失礼します」

「また来るがいい。なかなか、暇は取れぬが」

「いずれ」

と答え、フィアナと二人の部下に退出を促す。三人とも、会話の意味が把握できていなかった。ダリウスに何やら言いたげな様子である。

「どうした。帰ろう」

「しかし……」

と、反駁《はんばく》しかけるフィアナに、ダリウスが首を振る。

「もう、決まった」

無邪気な笑みを見せる。フィアナは、「交渉は決裂した」という意味だと汲《く》み取った。笑顔で言うダリウスを見て、腹立たしくさえ思う。

「ああ。ひとつ、聞きたい事があった」

部屋を出ようとするフィアナの背中に、セヴェロスが声をかけた。

「何でしょうか」

「試合のとき、どうして俺の眉間《みけん》を狙ったんだ」

「本気で喧嘩を売らなければ買ってもらえぬ、とダリウス様が仰《おっしゃ》ったのです」

「それで、殺そうと思ったか」

「……はい。ですが、無駄骨だったようです」

哀しげに言うと、部屋を出た。

「誤解されてしまいましたな」

と、ダリウスがおどけた調子で肩をすくめた。セヴェロスは宙を見据えたままである。

「いや、事実だ。俺が動けないのは事実だ。言い訳するつもりはない」

独白のような物言いであった。ダリウスが辞しても、しばらく動かない。

やがて、背もたれに体重を預けた。

「しかし、鼻っ柱の強い娘だったな」

思わずため息をついて、苦笑した。

「この部屋では、最初から最後までため息だったな」

席を立ち、部屋を出る。本日の公務が、まだ山ほど残っているのだ。

奪還者

ガルアという小国を襲った災難について、稿を割かねばならない。

この国の公文書が焼き尽くされたことは、先に述べた。ゆえに詳細な歴史というものが、存在しない。他国に現れる断片的な記述が、現在においてはガルア国の歴史となる。

大陸南西部。北東側に袋小路という馬蹄形《ばていけい》のアルクート山脈が、亡国の国境線であった。山に囲まれた部分が、領地なのである。実に判りやすい。峰の途切れたところ、つまり、馬蹄で言うところの「踵《かかと》」は、エイジェル王国に接している。通称、

「白獅子王《しろじしおう》」

の国である。これより西は、茫漠《ぼうばく》たる海原が横たわるだけだ。

国王のエイジェルは、その渾名《あだな》が示す通りの人物だった。金髪、碧眼《へきがん》、白皙《はくせき》である。

「大陸の産」

ということであったが、現在の研究では渡来の民であることが判明している。残されている生い立ちの記述は、後の創作であった。ただし、多少は真実が含まれているはずだ。

例えば、年齢。

カルディア帝国の暦で十年の当時、四十四歳である。偽りとしても、前後、五年以上の違いはあるまい。

さて。そういった、いささか胡散臭《うさんくさ》い王様が隣国ガルアに攻め込んだ理由は、

「非道を正す」

というものであった。むろん、大義名分というものである。実際は、斜陽の兆しが見え始めたガルア国宮廷内に、造反の種を蒔《ま》いたのである。フィアナの父だった国王は、乱世に不向きな男であったようだ。内通している主要な文武の官僚たちに、全幅の信頼をおいていた。おきすぎていた、とも言える。

「利用する。信用しない」

とは、セヴェロスの言葉である。余人彼を語るときには必ず引用されるものだ。しかし、すべてを語るには随分と説明不足だった。この一面のみを強調し、あたかも、それだけで生き抜いてきた人物に描くのは疑問符を付けざるをえない。作劇上の効果で描かれるならばともかく、少なくとも、まともな史家の仕事ではないだろう。

とまれ、この百分の一でも猜疑心《さいぎしん》があれば、ガルアの国王が事態に反応を示すことができたことも間違いない。

何度か、綿密なやりとりが行われた後、文武両官はエイジェルの下に走った。

「不義、非道の輩《やから》に鉄槌《てっつい》を下して欲しい」

という書状を携えて。

かねてより軍備を整えていた王国は、その日の内に兵を発した。宮廷の混乱に乗じ、指揮系統が乱れ情報と号令が錯綜《さくそう》するなかで、王国軍は首都に迫り三日でこれを制圧。

哲学者タレスの言葉である、

「いたずらに暦を費やしたとて、国家の堅牢さは身につかない」

を、体現してみせた。

このときの逸話を元に、ひとつ歌劇が作られている。

宮廷のある武官は部下の五百騎を率いて、迫り来る王国軍を相手に奮闘していた。その戦ぶりはすさまじく、攻撃の手が弱まったほどである。それでも、多勢に無勢。次第に状況は悪化し、死者は増えるばかりだ。ついに、味方の将軍格の人物が逃げだし、投降する事態となる。

それでも、名も伝わらぬ武官は必死に戦い続けた。

部下の騎士が、ついに見かねて口を出す。

「もはや命運尽き果てました。それなのに、何故、降伏しないのですか」

返り血を全身に浴びた武官は、毅然《きぜん》として答えた。

「誰も彼も逃げだし、あるいは降伏する。せめて一人でも国に忠誠を見せねば、後世まで恥を晒《さら》すことになるではないか」

部下の騎士たちは感涙にむせび、彼と死地を同じくする覚悟を決めるのである。舞台では最高の見せ場であり、この後、なだれ込んできた敵兵の槍にかかって死ぬ。

この話を聞いたキルスが、

「美しい話ですね」

と、多分に嘲《あざけ》りの色を含ませた感想を述べて、フィアナを激昂《げっこう》させた。

彼女にしてみれば、

「身を挺《てい》して逃がしてくれた命の恩人」

なのである。それを、

「愚挙以外のなにものでもない」

と、キルスは酷評する。容赦がない。

「国に殉《じゅん》じるのではなく、人に殉じるべきだ」

というのが、彼の持論である。その行動原理に従ったからこそ、ダリウスの側にいるのだ。

「国に忠誠を誓うということは、すなわち、父上に忠誠を誓ったことになるはずです」

「否」

キルスに食ってかかるフィアナへ、ラザークが口をはさんだ。

「国は人にあらず」

国家は人間ではない。当然のことなのだが、よく誤解を招く。

最大の誤解は、国を一つの生命体に例えて、国民を一つの細胞と見ることである。これは大きな間違いだ。国家の中枢が壊れても、人は力強く生き抜いていく。国は、あくまでも生活の循環を滑らかにする方便なのだ。めぐりが悪くなれば、しかるべき手段がこうじられる。手を加えるのは国民であり、最高権力者ではない。

フィアナの論法でいくと、国は、すなわち最高権力者の所有物である。国と人が同化してしまっていた。それは厳密に、

「人に殉じる」

とは言いがたい。だから、「否」とラザークは言ったのである。

「死ぬなら、ですけど」

ふと、キルスは思い出したように付け加えた。ラザークも頷《うなず》く。「生きること」が、何よりも大事だと思っている。

そもそも、最高権力を握ることが可能であった人種と、傍《かたわら》で眺めるだけという人種の、決定的な価値観の違いがあるのだ。性急な解答は、どちらかの論陣を叩き破ることになる。いささか意地が悪くなっていたとはいえ、二十歳過ぎの男が十六の小娘をつかまえてする事ではないだろう。

この会話の最中に意見を求められたダリウスは、

「俺は、少なくとも、その某《なにがし》とかいう武官の生き方に文句をつける気はしない」

と、言っただけである。己の価値観に反していようとも、信念を持って行動したのならば文

句は言わない。

この男には、しょせん対岸の火事であった。しかも、過去の。ひとかけらの興味も湧《わ》かぬ。

逆に、火事場に居合わすことができなかった悔しさで腹さえ立てた。

その火事場から逃げだしたフィアナは、山を越える間に供も討ち取られた。わずかな金貨と剣だけを持って、命からがら帝国領内に入ったのである。

「セヴェロス殿やイスワーン卿は、正体を知っていたのかも」

アスティアの独り言に、ダリウスが首肯した。エイジェル王国から、フィアナの情報は流れているはずだ。

「捕まえたら、金貨十万枚と交換」

などという、取引条件が提示されていたはずである。

「なんで、探そうとしなかったのかしら」

「面倒臭かったからだろう」

ダリウスの回答は、身も蓋もないものであった。

しかし、実際、その通りだったのだ。

大公国との戦が終結したばかりであった。山のような戦後処理が待っている。フィアナを探し出し、担ぎ上げて戦を再開する気力は、さすがのセヴェロスにも残っていない。特殊な地形のガルア国領などに食指も動かぬ。捜索に回すほどの余分な人員もない。せいぜい、

「変な輩がうろついているから、絶対に相手にしないように」

と、通達しておく程度のものだった。

「身のほど知らずとは、このことですね」

フィアナの顔に哀しげな翳《かげ》がおちた。

セヴェロスとの交渉も決裂した。そもそも、交渉になっていなかった、と思っている。

「機会はつくってやろう。後は、お前次第だ」

ダリウスは馬上試合の前日に、フィアナが逗留《とうりゅう》していた宿の一室で言った。それも蓋を開けてみれば、自分の小者ぶりを思い知るだけであった。セヴェロスの述べたことは、いちいち正論であり、逆恨みする気持ちすらわき上がらぬ。

「もう、諦めるしかありません」

ダリウス邸で夕食を囲む段になっても、フィアナは肩を落としたままだった。

「何を言ってるんだ。兵を動かす約束をとりつけたというのに」

こつこつと拳で食卓を叩く音に、物憂げな顔つきのまま向かい側に腰かけているダリウスを見つめる。

「でも、兵は動かせないって」

「馬鹿言うな。空白地になれば、兵は動くぞ」

「空白地……」

首を傾げる。会議室での問答は、

「兵を動かして占領することはできない」

と、言っている。

「空白地ならば、取りにいく」

という意味の裏返しである。ようやく理解したフィアナは目を輝かせたが、すぐに元の精彩に欠けた表情へ戻ってしまった。

どうやって、あの領地を空白にするというのだ。いかに小さかったとはいえ、国がひとつ存在していたのである。

「兵がなければ無理です」

うなだれるフィアナに、ダリウスは不敵な笑みを見せた。

「俺とキルスとラザークで、騎兵二百の価値はある」

その台詞が持つ意味に、フィアナが呻《うめ》き声をあげて絶句した。

「アスティアは、倍の四百に見せることができる。フィアナは、その十倍に錯覚させられるはずだ」

本気である。

「この人は、本気で言っている」

と、フィアナが怪物でも見るような目つきになった。

「ひとつ、派手にやろうじゃないか」

ダリウスが食卓に身を乗り出す。

この男は、本気で一国を奪うつもりなのだ。

たった五人で。

キルスとラザーク

「旅はいい」

と、ダリウスはすこぶる機嫌が良かった。

帝都カルディアを発ち、半月が過ぎようとしている。木々は若葉を広げ、青い香りを乗せた豊かな風が髪をそよがせた。なにより、ひと所に落ちついているよりも、動いていることを好む男だ。

出発の前日には、どこで聞きつけたのか、イスワーンがやって来た。

「馬車がいるだろう」

と、言うのである。男どもは自分の馬を持っていたが、女性陣には馬がない。二人乗りは、好まれる行為ではなかった。特に、武人であるから嫌う。世間体ではない。ダリウスなどは、そんな些細《ささい》なことを気に病む性格ではないのだから。

馬は、騎士以上の身分であるという証である。カルディア帝国の場合は、騎士位を授かったときに、武具と馬が下賜《かし》された。馬具一式は、個人で購入する。手綱《たづな》、馬銜《はみ》、鐙《あぶみ》、障泥《あおり》、そして鞍《くら》などは、馬によって大きさが違うからだ。

要するに、特注品だったわけである。

ちなみに武具も後で調整するのだが、これは各人でおこなう。その程度のことを、武器屋に注文できないようでは、騎士になる資格すらない。

特注品である鞍は、当然、一人用である。二人が座るように作られていない。無理をして座ることができなくもないが、それでは、万が一の事態に素早い対処はできなくなる。

常に戦いを想定している武人だからこそ、嫌がるのである。

「武人というのは、早い話、物騒な生き方しかできないんだよ」

とは、イスワーンの言葉である。そういったわけで、物騒な友人を慮《おもんぱか》った彼は、馬車を提供したのだ。一頭立ての小さなものだったが、アスティアとフィアナを乗せるだけならば、それで用は足りる。余計な荷物も積み込めるので、ダリウスらも随分と楽ができた。

馬三頭と馬車一台は、それぞれの主《あるじ》を目的地に運ぶ。

アルクート山脈へ。

ただし、一組は半日ばかり先を行っていた。キルスである。斥候役《せっこうやく》だ。

「ラザークの唯一の欠点だ」

と、ダリウスは愉快で仕方ない。常に主人の背後を守る精悍《せいかん》な男は、あらゆる面で信頼できた。強く、頭も切れる。しかし、無口なのだ。寡黙《かもく》すぎる男は、やはり斥候に向かない。

情報は、観察だけで成り立たぬ。「会話」が必要だった。言葉数が少なく仏頂面では、それもままならない。

そもそも、言葉を信用していないようだ。意思とは「汲《く》み取る」ものだと思っている。

「古風な奴だ」

ダリウスなどは思うのだが、別段、注意するつもりはなかった。

「それはそれで、味があってよろしい」

というわけである。そのかわり、キルスがよく喋る。この道中では、アスティアとフィアナもいるから、かしましい事この上ない。

特にアスティアなどは、もともと町娘であった。ダリウスの傍《そば》にいたいがために、宮廷の作法なども覚えているのだが、実際は、窮屈でたまらないと愚痴ることがしばしばあったという。帝都を離れ、雄々しい山脈が近づくにつれて羽も伸ばしていた。いまや、完全に昔に返っている。御者台で手綱をとりながら、フィアナと談笑していた。

「ダリウス様と正式な婚儀《こんぎ》は挙げられないのですか」

「するつもりはないの」

「何故ですか」

「ダリウスより、いい男がいるかも知れないでしょう」

冗談めかした答えに、フィアナは真顔で首を傾げる。

「いないと思います」

言い切った皇女に、アスティアは目を丸くした。

「もしかして」

と、内心、微笑んでしまう。フィアナ自身は純粋な感想を述べたに過ぎないのだろうが、つまるところ、

「ダリウスが最高の男」

と、思っているから出た言葉なのである。好意以外のなにものでもない。

「私の敵は皇女様か」

微笑が、面に出た。

「何か、変なこと言いましたか。宮廷暮らしは、妙なところに羞恥心《しゅうちしん》がないってダリウス様に笑われたことがあって……」

赤面してうつむくフィアナは、普段の男勝りが隠れて可愛らしい。

「そんなこと……。それにしても、ダリウスは酷《ひど》いこと言うわね」

「いえ。事実だと思いますし。皇女だったからって特別扱いしないのは、あの方の持っている素晴らしい面だと思います」

素晴らしいときた。

アスティアは感動すら覚えてしまう。自分が男なら抱き寄せて、

「愛《う》いやつ」

などと口走ってしまいそうだ。

「これは、強敵だ」

と、妙な感心をしてしまった。

基本的に無垢《むく》なのだ。子供のような純粋さではない。善悪の区別をつけた上で、その感情に無垢なのである。だから、好意を隠さない。かわりに、大通りで悪漢の手首を斬り落としても眉ひとつ動かさない。

おそらく、ダリウスの言った羞恥心のなさとは、そういった意味なのだろう。

二人の会話は、ダリウスに届いていない。街道の先にそびえる山々を、素直な感動でもって眺めている。

「凄《すご》いな。実に大きい」

と、当たり前のことを眺める度に口にするのである。山に限ったことではない。例えば、日の出を見て感心する。

「なんて美しさだ」

感極まったように、ため息をついて言うのである。それも、毎朝だ。ひとつ間違えば阿呆のようだが、この男が言うと面白いことに周りも納得する。

随分と、得な性格であった。

「早く、あの山を登ってみたいものだな」

愛馬に話しかけつつ、キルスの事を考える。

山を越えるということは、国境を越えるということである。その算段を整えるため、細目の優男《やさおとこ》は斥候の任を仰せつかったのだ。

キルスは、この年で二十二歳である。ダリウスの下では、十年近く働いていた。

下級騎士の家に生まれた彼は、よもや、世子付《せいしつき》の騎士になれるとは思いもよらなかった。ラザークなどは、さらにその想いが強いだろう。

「初めてあんたに会ったのも、こんな場所だったな」

隣席についている同僚に、キルスが話しかけた。

山脈の南側。街道町の酒場である。ずいぶんと繁盛しているようで人が多い。とりわけ、傭兵《ようへい》が多かった。おそらく、エイジェル王国とカルディア帝国が完全に接したことで、戦いを期待しているのだろう。二国間を結ぶ大きな街道は、三つある。二つが山脈を避けて繋がっており、単純に北路、南路と呼ばれていた。山脈の馬蹄形《ばていけい》の爪先に当たるところには、山越えの中央街道が通っている。

ガルア国時代に国交はあったものの、貿易などはなかった。国の交易は無かった、という意味である。例えば、帝国では鉱物資源や塩などが国の専売であった。それ以外の品は、商人たちが国境を越えて売る。ただ、帝国の商人が直接、ガルア国の商人に売り込むことは少なかったようだ。王国を介しての物品の入出が、ほとんどだったようである。

閉鎖的な国土では、閉鎖的な交易しかできない。

とはいえ、さすがに元は三国の国境線が付近にあった場所だ。名残だろうか。酒場の猥雑《わいざつ》さえも帝都カルディアとは違う。異世界にちかい。酒は南方系が多く、食材も帝都では珍味として扱われているものだ。

適当に注文した豚肉の脂の多さに閉口しつつ、一行は卓を囲んでいた。

「もう、五年か」

「よせ」

と、ラザークは優男に視線を投げる。無意識だろうか。手で例の傷痕を撫《な》でていた。

ダリウスは、

「痛むのか」

とは言わない。黙って、ラザークの杯を満たした。寡黙な武人は、一息に飲み干す。

この男は、もともと傭兵であった。五年というのは、ダリウスの下に付いてから五年の年月を経たという意味だ。

傭兵稼業最後の日。つまり、ダリウスと出会ったのは、大公国の裏町である。群雄が野心を抱えて蠢《うごめ》いていた時期だ。小国でも傭兵は食い物にありつけた。

むろん、酒場で食べた。

「偶然だった」

と、ダリウスは述懐《じゅっかい》している。

たしかに、偶然だ。お互いが、同じ酒場に居合わせたというのは。

ダリウスは、城を抜け出して遊び歩くことが多かった。当然、キルスもお供を強いられる。上の者が知ることになると厳重な注意を受けるのだが、供を命ずるのは皇太子だ。後の処罰より、今の命令が優先される。宮仕えの辛いところであった。

「一杯だけですよ」

まだ童顔のキルスが、精一杯いかめしい表情をしてみせる。

「侍従長みたいな事を言うな」

「言いたくもなりますよ」

苦労性を絵に描いたような情けない面である。

「お前も飲め。飲む前から愚痴をぬかすな」

と、ダリウスは十六歳の部下へ杯をつきつけていた。

その時だ。恒例の催し物が始まった。

喧嘩である。

「なんてこった」

キルスが絶望的な声を上げた。殴り飛ばされたのが近衛《このえ》団長だったからである。そもそも、こんな大衆酒場に来ていたことも驚きだ。目の前に皇太子、という事実には、見劣りしてしまうが。

近衛団は五つの隊に分かれており、それを束ねるのが近衛団長であった。身分的にもかなりの高位である。むろん、城内の整備や大公の警護に当たる人物であったから、ひとかどの武人だった。

はずだ。

それが、だらしなく白目を剝《む》いて気絶している。

「面白い奴だな」

と、ダリウスが笑いながら評したのは、殴り飛ばした男である。精悍な顔つきは、虎を連想させた。悪びれた様子は微塵《みじん》もない。それどころか、さらなる獲物を求める目つきであった。

「楽しんでいる場合じゃありませんよ。あの男、殺されます」

キルスの言うとおり、五人の近衛兵たちが男を取り囲んでいる。正確には近衛隊長だ。おそらく、団長の奢《おご》りで飲んでいたのだろう。上司が部下と親睦《しんぼく》をはかる光景など、今も昔も似たようなものだったわけだ。

「ぶっ殺すぞ」

と殺気立つ五人に、男は、たじろぎもしない。

「覚悟はできているんだろうな」

冷めた物言いであったが、近衛隊長たちの百倍も凄味《すごみ》はある。男の背後に隠れていた娘が、恐怖のあまり床に座り込んでしまった。腰を抜かしたのである。

娘は店の者であった。酔った近衛団長に絡まれ、見かねた男が助けたのだ。かなり手荒い救出方法であったが。

「とんでもない男に助けられた」

と、思ったに違いない。近衛隊長五人に、臆《おく》することなく喧嘩を売ってしまった。

「外に出よう」

男は、助けた娘の存在など、まるで眼中にないようであった。五人を引き連れ店を出る。たちまち、気合いの声と剣戟《けんげき》の金属音が響く。

「早い。早い」

ダリウスが、手の早さに喜色満面の笑みを浮かべた。酒も放り出して表に出る姿は、野次馬以外の何者でもない。

「うちの殿下ときたら」

内心でぼやきつつ、キルスも後に続く。腰の細剣は抜いている。いざとなったら、実力行使で止めに入るつもりなのだ。

呻《うめ》き声が足元でおこった。見ると、すでに三人が傷を押さえて転がっている。残る二人も時間の問題のようだ。明らかに劣勢であった。

「親父め。人選に手を抜いたな」

ダリウスの評価は辛辣《しんらつ》であったが、口調には多分に驚きが含まれている。国王が己の身を守るための連中なのだ。人選に手を抜くはずがない。より、男が強いのである。桁外れと言ってよい。獰猛《どうもう》さだけなら、戦場のダリウスに匹敵しよう。

二人も、まもなく打ち倒された。よくよく見ると、男は得物の鞘《さや》を外していない。鞘ごと打ち合っていたのである。もし抜いておれば、さらに太刀行きが早くなるのは明白であった。

男は、なおもおさまりがつかぬ。

「こりゃあ、虎だな」

と、内心で感心しているキルスを、炯々《けいけい》たる眼光で射抜いた。構えは中段にとったままである。

「待て。俺は何も」

と、慌てて弁解をしかけたキルスは、背後に人の気配を感じた。振り返ると、ダリウスだ。手には、近衛の者が持っていた剣を下げている。

「馬鹿な真似はおやめください」

すぐに意図を察したキルスが、前に出ようとするダリウスを押し止《とど》めた。

手合わせをするつもりなのだ。強い人間がいると、試さずにはいられない性分なのである。

「どけ。奴もやる気ではないか」

「なりません」

主の驍勇《ぎょうゆう》を疑ってはいないが、怪我でもされては困る。部下の立場がない。顔だけを男に向けた。

「おい。今なら目をつむってやる。さっさと消えろ。このお方は」

世子なんだぞ、と言いかけたキルスの頭上から大音声が降ってきた。

「余計なことをぬかすなっ」

酒場から覗《のぞ》いていた野次馬の連中が、おもわず首をすくめたほどの大喝《だいかつ》である。反射的に身を縮めたキルスを片手ではねのけると、男の前に進み出た。

無造作な踏み込み。剣は下げたまま。ずかずかと間合いに侵入した。

大気が鳴った。

男は初めて鞘から剣身を解放した。豪快な斬撃が、ダリウスの首筋めがけて弧を描く。なんなく弾くと、お返しとばかりに斬りつける。闇が裁断された。一条の光が縦に疾《はし》る。男は、剣で受けつつ首を捻《ひね》った。刹那《せつな》。火花が散った。甲高い音を辺りにまき散らし、二つの刃が砕ける。

剣勢は緩みもしない。振り下ろされたダリウスの剣は、自壊しつつも切っ先で男の右頬を裂く。血が飛び、滴《したた》った。

「まだだっ」

男は吠えるような物言いで、ダリウスに殴りかかる。

次の瞬間、一スタルト（約三・六メートル）ほど宙を遊泳して地面に落ちた。意識はあったが、起き上がれない。ダリウスにみぞおちを殴られたのである。

「すまぬ。本気を出した」

呻く男の脇にどっかと座り込み、謝罪した。折れた剣が、その証拠であった。通常の得物では、彼の腕力に耐えられないのだ。「削《けず》り出し」の武具を使用しているのは、そういった理由があった。

「何者だ」

「ただの喧嘩屋さ」

ダリウスの答えに目で笑う。安堵の息を洩《も》らしているキルスに視線を移し、再びダリウスを見た。

「俺も雇えるか」

「そのつもりだった」

ダリウスが大きく頷《うなず》く。

「名は、何という」

問いに、男は一息ついて答えた。

「ラザーク」

「お互い、若造でした」

と、キルスが昔話の最後に付け加えた。当時は、十六にもなれば成人である。二十歳を過ぎれば、去りし日々は未熟な子供の時代でしかない。

「俺も、若造だったな」

と、ダリウスが快活に笑う。

「昔の事です」

珍しいことに、ラザークが微笑んだ。ほんの一瞬であったが。

「本題を話せ」

と、キルスを促しつつ杯を仰ぐ。身振りが大きく表情が隠れた。明らかに照れ隠しである。

その様子を横目で見つつ、キルスも一口、喉に流し込んだ。強い酒だ。アスティアやフィアナなどは、まったく口をつけていない。水のように胃袋へ収めているのは、ダリウスだけである。

「元ガルア国内は、予想どおり情勢不安だそうです」

ゆっくりと、確かめるように話をはじめた。

ようやく、一同の顔が引き締まる。

カルディア帝国暦十年。七月初めの宵であった。

太守

七月の五日。

と、史料には記されている。

ガルア領の太守に任じられていたのは、ナセルという将であった。国王エイジェルの甥だ。基本的に、王国は一族支配であった。金髪、碧眼《へきがん》。彫りの深い端整な顔立ちは、一族の血を示している。

当年、三十七歳。

やや脂肪がついているが、鈍重といった印象はない。報告書に目を通している姿などは、むしろ、貫禄がある。

この日、ナセルは、すこぶる機嫌が悪かった。数日前に報告のあった連中が、ガルア城下に入ったという話を聞いたからである。

「奇妙な連中」

というのが、最初に受けた報告であった。主城の真南。山脈にあった山城の城下に入ったときである。

「どういうふうに、奇妙なんだ」

「それが、その、奇妙に奇妙な連中でして」

部下が、ナセルの問いに、間の抜けた返答しかできなかったのも仕方ない。

奇妙としか、言いようがないのだ。

五人組であった。三人が男で、二人が女。女の一人は、まだ幼さが残る娘だという。男たちは、いずれも馬を持っていた。なんでも、一行の頭とおぼしき男は、身の丈が半スタルト（約一・八メートル）を越える大男で、他の二人も偉丈夫《いじょうふ》とのことだ。

「何者だ。それは」

「関の者が訊《たず》ねたところ、『ただの旅商人と、その護衛だ』と答えたそうです」

通行税や、もろもろの税金を払ったので通してしまったそうですが。と、部下が上目づかいで付け加える。

「握らされたか」

「おそらく」

賄賂《わいろ》である。聞き捨てならないことだが、証拠はない。ナセルは、しばらく思案した上で、

「その五人組を通した門兵の名前を、しっかり控えておけ。それから、誰か数人を張りつかせろ」

とだけ命じておいた。

その連中が、いよいよ膝元に来た。

表情が険しくなる。普段ならば、さして気に病まないのだが、今回はどうも気色が違うようであった。部下も無能が揃っているわけではない。何らかの違和感を持ったからこそ、報告に来たのだから。

「気に食わぬ」

苛立《いらだ》ちも露《あら》わに呟《つぶや》いた。いっそ、騒動の一つでも起こせば、手っとり早くて楽なんだが。と、物騒な考えが頭をよぎる。

戦後処理が一段落ついたところであった。このまま、平静になってくれると有り難いが、どうも、簡単に休ませてくれそうにない。

元来、敏感な男であった。

特に、争いの臭いには。

元ガルアという国の主城であるガルア城は、町なみごと市壁に囲まれている。

いわゆる、城砦《じょうさい》都市であった。

南面は東側の峰から延びた河が走る。生活用水などは、この河の水を引き入れて使用していた。壁の周囲には濠《ほり》。ここに満たされた水も、この河のものである。

史料不足のため、人口は判然としない。遺されている壁の跡の範囲から推測して、約五万から八万の人々が生活していたと考えられる。国の面積にしては、大きな都市といえようか。むろん、壁の外側にも暮らす人もいた。概算して十万人ほどが、この壁に囲まれた場所を生活の拠点としていたと推察される。

視点を少し持ち上げる。

南西側を除く三方が山に囲まれた、馬蹄形《ばていけい》の地方であるとは既に述べた。このほぼ中心に、主城ガルア城は存在している。そこから、きっかり東西南北に街道が延び、国境に四つの城が構えていた。もっとも、西側の城は、王国の首都とガルア城を結ぶ中継地点に成り下がっていたが。

四つの街道の中間点には、それぞれ砦《とりで》が設けられていた。また、山脈の国境を守る三方の城は、川の源流となっている。東と南から流れ出す河は、ガルア城付近で合流。一つになった河と北の河が、西の城に達する手前で繋がっていた。

例の五人組、つまり、ダリウスら一行は南の国境を越えてきている。

幾つかの小さい町を抜け、砦を横切って、ガルアの市門をくぐった。門は四つ。東西南北にあり、当然、彼らが通行税を支払った門は南側である。

門の内と外とでは、様相が一変してしまう。フィアナなどは、見慣れた町並みに安堵の息を漏らしていた。一か月もの長旅で、疲労を隠すことも辛い状態だったのだ。頑強なダリウスですら、

「鋭気を養おう」

と、町ですぐに宿を探したのだから、相当な消耗であったのだろう。もっとも、これが戦場であったなら、もう少し元気が残っていたはずだ。この男の場合、日常生活の方が神経をすり減らすのである。

カルディアにはない、落ちついた上品な佇《たたず》まいが通りに続く。南門から入ると、東側はすぐ
に王城を囲む高い壁がそびえている。

「どうも、仕切るのがお好きな性格だったようね」

と、アスティアが不機嫌を露に肩をすくめた。特に最大の「仕切り」は山脈そのものであっ
たが、その峰に沿って、延々と巨大な岩壁が築かれている。

「長城」

と呼ばれた、途方もない建造物である。

ガルア国の建築ではない。過去の遺物を、補強、修復した果ての姿であった。

一見して、

「よくもまあ」

と、呆《あき》れた声をあげたのはキルスである。ラザークはつまらなそうに一瞥《いちべつ》した。あるいは、
傭兵《ようへい》時代に見たことがあるのかもしれぬ。フィアナには別段、目新しい代物ではない。

「見事なもんじゃないか」

ダリウスだけが、一人、喜んでいた。山の頂に壁を張りめぐらすなぞ、その労力などを考えると眩暈《めまい》すらおきる。非常識の極致だ。突拍子もないことを思いつく人間は、この長城に輪をかけて非常識な輩《やから》であっただろう。

「会いたかったなあ」

悔しそうに嘆いたものである。ただ、この巨壁建造のために駆り出された人々の苦労は、現在にも伝わる。ダリウスも知らぬはずがない。以後、しつこく話題にすることはなかった。

今は、ガルアの城砦都市である。

王城のまわりには堀がある。内堀と言うべきか。跳ね橋が下ろされ、門が開いていた。閉じていたら、アスティアなどは激怒したかも知れぬ。それほど、閉鎖的な国であったのだ。以前は門が閉じられていた事を伝えるべきか、フィアナは大いに頭を悩ませた。

門が開かれるようになったのは、大国のおおらかさの現れであろう。

エイジェル王国は、上層が、いわゆる白人支配の国家である。国王は、平たく言えば人種差別主義者であるが、そこに狂気はない。自分たちが少数の人種であることは、事実として理解していた。国家として、政略的な婚姻関係を結ぶこともある。相手が黒髪であるからと撥《は》ねつけるのは、孤立化を押し進めるだけで何ら解決しない。むしろ、積極的に交わった。

門が開かれているのは、新しい支配者が本国の慣習に従っただけである。

その支配者であるナセルが白色人種の特徴を備えているのは、単に生物学上の問題だった。

当人は、己の姿に稀少《きしょう》価値を見いだしたことなど、一度もない。

いわゆる民族主義などの、すこぶる可燃性の高い連中が登場するのは、近年になってからである。

「そういえば、ガルアの王族が他国の姫を迎えたとか、姫を嫁がせたという話を耳にしませんでしたね」

キルスが、ふと、誰に聞かせるともなく言った。

「耳に入れば、国の存在くらいは知っただろうにな」

ダリウスが傍《かたわ》らで頷《うなず》く。もっとも存在すら知らないというのは、元王族として大いに問題があるのだが、一同は、あえて何も言わない。フィアナですら黙した。ようやく、ダリウスという人間を理解してきたようである。

「そういう話は、無かったの」

「ありましたよ」

至極あっさりと、フィアナは馭者台《ぎょしゃだい》のアスティアに答えた。

「子供が私だけでしたから、婿をもらうとか、そういった話はよくありました」

「断ったわけだ」

「どうして判ったんですか」

目を丸くするフィアナを見て、アスティアが笑う。ダリウスに好意を示すような女である。

並の男には、その相手など務まるまい。

「年が倍くらい離れている人もいたんですよ」

と、憤慨の恰好《かっこう》をしてみせる。アスティアは微笑むだけだ。

「王族に生まれたら、それは半ば義務のようなものなのよ」

そう言いたかったが、もはや、国は滅んでいる。必要はないだろう。

「その人、エイジェル王国国王の甥だったはずなんですけどね」

幸か不幸か、名前は思い出せなかったようである。小首を傾げて、懸命に思い出そうとしているフィアナを促し、一行はようやく宿に入った。


「フィアナ」

呟いて、ナセルは宙に視線を彷徨《さまよ》わせた。直立不動の姿勢で、報告に来た部下が返事を待っている。

「あの、ガルア国皇女の、か」

「ではないだろうか、といった程度のものでして。いまだ確認はとれておりませんが、一応、お耳にと」

「わかった。なるべく、確認を急げ。それから、見張りの人数を少し増やしたほうがいいな。後で応援をつけるように命令を出しておく」

「はっ。それと……」

「まだあるのか」

ナセルが、少しばかり驚いた様子で先を促す。

「ダリウスという武人をご存じでしょうか」

「アバール大公国の世子《せいし》だろう。カルディア帝国に敗れて、野に下ったと聞いたが」

そこまで口にして、ぞくりと背筋に疾《はし》るものがあった。敏感に察知した部下が、沈黙する。

「その男か」

「これも未確認です。確認できしだい、ただちに」

任務に戻る部下が扉の向こうに消えると、ナセルの視線は再び宙を彷徨った。二つの報告に関する記憶が、泡沫《ほうまつ》のように浮かんでは弾けていく。

フィアナ。

に関しての記憶は、ガルア国皇女だったということぐらいである。ほかには、滅亡のときに逃げだして、今も行方が摑《つか》めないといった程度だ。

むしろ、ダリウスに関する情報の方が多い。であるが、伝聞がほとんどだった。聞こえてくるのは、その超人的な武勇伝である。いくらか眉唾《まゆつば》のものもあったようだが。

「人を増やす程度では生ぬるいかもしれんな」

と、思う。虚実入り交じった伝聞であれ、強くなければ伝わりもしない。しかも、フィアナという亡国の皇女と結びついているのが非常に危険だ。

「国を亡くした者同士が、手を組んだ」

という考えに至るのは、当然の帰結であった。

「会えるかな」

突発的に浮かんだ。会えば、はっきりする。内容まで漏らすとは思えないが、害の有無を感じ取ることはできるはずだ。

「よし。会おう」

侍女を呼ぶと、外出の支度を命じた。過度に着飾る必要はないので、かろうじて身分が判る程度の服装になる。

供を連れて城を出るときになって、ナセルが思い出したように呟いた。

「小娘と思ったんだが」

縁談が御破算《ごはさん》にならなければ、どうなっていただろう。

とは、考えもしなかった。

三本矢に蝶が、ガルアの紋章である。

ちなみに、カルディア帝国の紋章は、双頭の蛇が絡み合っている姿であった。それぞれの口には玉があり、互いが誇らしげに向かい合っている。現存する紋章の原画には、玉に映りこんだ向かいの蛇まで描かれているという念の入れようであった。

紋章というのは、国を象徴するものであるから、しっかりとした意味がある。

三本の矢というのは、ガルアが元々、三つの地域に分かれていたという歴史的事実を指す。蝶は、建国の父であるフィアナの曾祖父が導かれたという逸話からなる。

「導かれて、たどり着いたのが、この土地だったそうです」

と、フィアナは語っていた。

「胡散臭《うさんくさ》い話だ」

などとは言わない。一同、おとなしく拝聴している。

宿の酒場である。夕食には、いくぶん早い時刻であった。五人というのは、かなり目立つ人数なのだが、一向に頓着《とんちゃく》している様子ではない。

「もし襲われたらどうするんですか」

という、フィアナの問いにダリウスは、

「相手の数が減るだけさ」

と、答えている。十人や二十人の兵士なら、ダリウスらで充分に相手ができた。それ以上の人数に取り囲まれるのならば、包囲が出来上がる前に突破すればいい。

いとも簡単に言ってのけるダリウスに、フィアナは畏怖《いふ》すら覚えた。

ガルアには武人が少ない。先の歌劇のような武官もいたが、稀《まれ》な例である。いや、武人と呼ぶべき人物は皆無だったのではなかろうか。帝国の馬上試合にガルアの武官が参加した場合、一回戦を勝ち抜ける者は片手で足りることだろう。

「蝶に連れられて国を興した王と民」

と、『士伝記』には酷評されている。たしかに、乱世に不向きなお国柄であった。アルクート山脈という天嶮《てんけん》に、国防の全般を頼っていたのだから。

フィアナの剣術などには、そういった劣等感に似た感情が多分に含まれていた。

だから、ダリウスのような男に畏怖する。他を、圧倒的に超越した存在に、心服してしまうのである。

「ないものねだり」

キルスなどは、こっそりと、そう評していたが、あながち外れた答えでもあるまい。

「剣の扱いは、どこで覚えたんだ」

「騎士団長に教わりました」

その騎士団長と懇意にしていた商人がいる、という。

「顔見知りになっているから、彼に何か手伝って貰《もら》えると思います」

と、フィアナは提案した。

「どうかしら」

アスティアが首を傾げる。

「顔を知られているという事は、それだけ危険性も高いですからね」

キルスの言葉に、ラザークも頷《うなず》いて同意を示す。

「それは、アスティアと相談してくれ。予定通りに事が運ぶなら構わないさ」

ダリウスがそう言って、食事を注文する。

「ここの地方の名物はなんだ」

フィアナに訊《たず》ねる様子は、ついさっきまで物騒な計画を話していた者と同一人物とは思えない。眺めていると計画そのものが、何やらたやすい事のような錯覚をしてしまいそうだ。緊張で肩が凝《こ》らないのは有り難いが、はっと気がついて空恐ろしく感じるときがある。

フィアナは、ひとつ身震いすると、食事に専念することにした。

まもなく、酒場にも人が増える時間となった。席はすべて埋まり、ときおり調子外れの歌声があがる。

この喧騒《けんそう》の中でも、ダリウスの存在は際立っていた。特別、何かをしているわけではない。ただ、酒を飲んでいるだけなのだ。それでも、入ってきた客は、ダリウスの姿を認めて一瞬、立ちすくむ。

「存在感の塊だな」

と、感心したように呟《つぶや》いたのは、ナセルである。隅の卓に陣取っていた。部下も、五人、何気なく杯を傾けている。

「何か、たくらんでいるのは確かなんですが」

「どうします。捕らえますか」

卓へ身を乗り出すようにして訊ねる。

「おちつけ。だいいち、証拠もないのに、どうやって捕まえる」

ナセルが、やる気を頼もしく思いつつも、やんわりと制した。

当時の官吏《かんり》というのは、たいへんな横暴を働くことがある。無実の者を捕まえて拷問にかけるなどという事も、たびたび起こった。いわゆる冤罪《えんざい》であるが、それを国に訴えるということは出来ない。泣き寝入りをするしかないのである。むろん、遠回しに政府の信用が落ちることはあったが。

ナセルも、数度、そういった場面に出くわしたことがあった。おそらく、彼の知らぬところでは、倍の冤罪事件が起きているに違いない。

とはいえ、それを恐れては、当時の犯罪捜査などはできなかった。基本的に、現行犯逮捕か追跡捜査のうえでの犯人逮捕が主である。情報は充分に吟味するが、そこはやはり人間だ。間違いもある。

それでも間違いが頻発しなかったのは、人間性が豊かだったからだろう。極悪人と呼ばれる人物は、どうしても極悪人であった。明らかに悪党なのである。それに対して、突発的、偶発的な殺人などは自首してくるのが常であった。

「罪と罰」

という関係を、本能的に理解していたとしか考えられない。

彼らの検分では、ダリウスらは明らかに怪しかった。しかし、悪党ではないのだ。そこが、ナセルたちに逮捕をためらわせている原因であった。もっとも、ナセルはこの地方の太守であり、犯罪者を取り締まるのは、同じ卓についている五人とその部下の職務である。

手が出せない理由は、もうひとつある。

ダリウスの身分だ。

平民であるならば、尋問なり拷問なりで吐かせるという手が使えた。犯罪者を野放しにして騒動を起こされるよりも、自分たちで冤罪を起こすほうが被害は少ない。そういった、恐ろしく危うい倫理観が彼らには存在する。

ところが、元世子《せいし》である。

国は滅んだとはいえ、その身分には抵抗があった。

「結局のところ、我々は弱い者いじめしかできない人間なんですかね」

卓の一人が、嘆息とともに吐きだす。

「馬車を調べましたが、槍や剣がごろごろしておりました」

「税金は払ったんだろう」

と、他の男がいまいましげに言い放つ。

門をくぐるときは、あらゆる物品に税金が掛かると思ってよい。ダリウスらの場合、通行税が人数分。馬および馬車、武具にも金が支払われた。「商人」として偽ったから、市場で売られる品にも税が掛けられる。もっとも、

「売りではなく、買いにきた」

と、言ってある。なにしろ、荷台には売るような品物などない。

いずれにせよ、税金を払いさえすれば中に入れるのである。史料によると、怪しげな人物は泊まる宿なども訊ねられたそうだ。

しかし、

「襲われたら、倒すのみ」

の考えである。偽って宿を変え、さっそく疑いを持たれるのは得策ではない。宿は、申告と違わぬところであった。

「充分怪しいのに、一つの決め手もないか」

ナセルが、何やら楽しげな笑みを作っている。

間違いない。

と、思っていた。ダリウスらは、間違いなく何かやろうとしている。

「ちょっと、話してくる」

友人を見つけたような口調で言うと、あっけに取られる部下を尻目に、ダリウスのいる卓へ向かった。

名乗りを聞いて、

「これは、これは」

と、ダリウスは喜色満面でナセルに席を勧めた。

「貴方のような人が、どうしてこんな大衆酒場に」

「それは、貴公とて同じでしょう」

びくりと、ラザークの眉が跳ね上がる。ダリウスは顔色一つ変えない。

「私をご存じか」

とだけ言った。

「ダリウス殿下の御武勇は、アルクート山脈も越えて聞こえてまいります」

「殿下はやめていただこう。もはや、国亡き身ゆえ」

言いつつ、杯を勧める。互いに交歓したところで、アスティアとフィアナが席を立った。

「失礼ですが、私どもはこれで」

貴婦人の礼をとると、部屋へと足を向けた。

「姫君は、おいくつで」

「十六です。断っておくが、私の子供ではない。友人です」

「ほう。お若い友人をお持ちだ」

「フィアナといいましてね」

何気なく、名前を口にする。

「良くできた娘です」

淡々と語る主《あるじ》を、キルスは胃の痛くなるような思いで眺めていた。

ダリウスの悪い癖だ。さらり、と手の内を見せて相手の反応を探るのである。交渉の一つの方法としては認められるが、ダリウスの場合、ただの興味本位なのでたちが悪い。

「フィアナ、ですか」

というのが、ナセルの反応であった。名前を覚えようとしている様子にも見えるし、考え込んでいる様子に見えなくもない。

「ここは、元々ガルアという国だったのですが、そこの皇女が、フィアナという名前でした」

「皇女と同じ名前とは、めでたいことだな」

ダリウスが快活に笑ってみせる。芝居臭さというものがない。あるいは、本心から出た言葉だったのかもしれぬ。

「聞きしに勝る男だな」

と、ナセルは腹の底で唸《うな》った。言動のすべてが、ダリウス自身だった。ところが、奥に何かが在るような気がしてならないのだ。その、真意が見えない。

いや、見えているのかも知れぬ。大きさゆえに、全体が把握できないだけという可能性もある。

どのみち、風のように摑《つか》み所のない男であった。

「ここには、何日ほどご逗留《とうりゅう》されるおつもりで」

「すぐに発ちます。そう……明日には」

「そうですか。いや、無理にお引き止めするつもりはないが、できれば城の方へ」

「すまぬが、明日は早い。城の方へは、また、後日。ゆっくりと伺う」

ダリウスに合わせて、ナセルも席を立った。

でかい。

と、さすがに身がすくむ思いをする。背後に控えた部下ふたりも、体格だけで他を充分圧倒できるだろう。

握手を交わし、部下の待つ卓に戻ろうとするナセルに、ダリウスが言った。

「山を越えてからずっと、私たちの後をつけて回っている連中がいましてな。追い払っても、問題ないかね」

「こそ泥でしょう。構いませんよ」

あっさりと、首肯した。愉《たの》しげな笑みが、ダリウスの顔に浮かぶ。

のちに、

「あれは、どえらい奴だな。自分の部下を手駒と思っている。格は違うが、セヴェロスと同類だよ」

と、キルスに語っている。

そういった、一種の褒め言葉を、むろんナセルは知る由もない。

「奴は、絶対に何かをやるぞ。武装してもかまわん」

城に戻ると部下に命じた。人数も倍に増やす。少しでも怪しい素振りをみせたら、遠慮するな。と、発破をかけた。

「潰《つぶ》せ」

躊躇《ちゅうちょ》することなく言い切った。部下の一人が、一瞬、耳の調子を疑う。

戦鼓の音を聞いたような気がしたのだ。

ルードとは、古フェリタリス語で「河」を意味する。

東側の国境に延びる街道の中間点に、その名を冠した砦《とりで》があった。河を挟んで南に砦、北に小さな町がある。河幅は二十スタルト（約七十メートル）前後。子供たちが、川辺で雑魚《ざこ》をすくってはしゃいでいた。

「元気ですね」

キルスが細い目をさらに細める。ダリウスは黙したまま、鞍上《あんじょう》でその光景を眺めていた。

「萎《な》えるな」

と、呟《つぶや》く。フィアナに協力したとはいえ、目の前で遊んでいる子供たちの親を殺す可能性もあるわけだ。ダリウスは己が強靱《きょうじん》さゆえに、百を超える人を殺してきた。そのほとんどが戦場である。そこには、彼のような「戦場中毒者」は少ない。大半が、大地を耕して生活をしていた者なのだ。

「大丈夫ですよ」

先を行くキルスが振り返った。

「今度は、戦らしい戦ではありませんから」

完全に戦となれば農民が駆り出される。しかし、今は農閑期ではない。カルディア帝国のような専業兵士制ではないから、緊急事態の場合、相手は騎士などの武官たちだけになるはずである。

「そうだな。なるべく、そう願いたいもんだ」

言いつつ先を急ぐ。三頭の馬が、主《あるじ》を町へと運んでいた。馬車はない。

アスティアとフィアナは、ガルアの町だった。おいてきたのは、計画の一環である。

ガルア国は、その国防を天嶮《てんけん》と長城に頼っていたので、国境の城は最低の人数しかおいていなかった。国境、つまり山脈の外側にあるカルディア帝国は、国土の大部分が平野である。山の物見櫓《ものみやぐら》から警戒を怠らなければ、行軍は手に取るように判るのだ。

行軍を発見したら、櫓からは狼煙《のろし》が上げられる。砦で中継された狼煙が、ガルアの町に届くと兵が発せられた。砦からも兵は出る。最高で、五、六百という少数だが、国境は、最低でも二百年の歴史が築いた防衛線である。投石機なども備えてあった。敵が二、三倍の兵力でも一月は余裕をもって耐えられた。

この便利な設備を、利用しない手はない。ナセルは太守の任についても、この体勢で防衛線を維持していた。

つまり、騎士などの多くは、城砦《じょうさい》都市ガルアに居ることになる。

彼らの動向を探るのが、アスティアの仕事だった。

「城ってのは、内側から崩すと楽なんだ」

と言ったのは、ダリウスである。ガルア領を巨大な城と見立てて、その内側から崩すというのが計画の第一歩であった。

その先は、

「まあ、なるようになるさ」

と、いい加減である。キルスやラザークが、この無責任さに文句も言わず従うのは、ダリウスの目を信用しているからに他ならない。

戦場での機を見る目は、古今の名将にひけをとらぬ。おそろしく勘が鋭く、読み誤るところを、キルスなどは見たことがない。万が一、間違いが生じたとしても、おそらく強引に流れを変えてしまうだろう。

「それができる奴なんだ」

と、酒の入ったイスワーンなどは嫉妬《しっと》まじりに言ったものである。

町の入口で、三人は鞍《くら》をおりた。キルスがいつものように、まとめて手綱《たづな》をとった。

「では、馬を預けて参ります」

「頼んだ。俺は少し歩いてくる。ラザークも来い」

「見物ですか」

「少し、運動もしてくる」

丸腰で、ふらりと通りを歩きだす。どうやら、河原に行くつもりのようだ。ややあって、数人の男たちが後をついてゆく。

「なるほど」

納得して、キルスは三頭の手綱を引いた。背後に、あきらかな殺気を感じる。三人。

「私は一人で切り抜けないといけないのかな」

独り言に、ダリウスの愛馬が、ひとつ首を振る。

「俺を忘れるなよ」

とでも言いたかったのかも知れない。たしかに、この巨馬なら騎士の一人や二人は楽に殺してのけるだろう。

「頼りにしてるよ」

首筋を軽く叩いて、ゆっくりと歩きはじめた。

「なんだ、あの男は」

呆《あき》れ果てた声をあげたのは、ダリウスの後をつけていたナセルの部下である。

ダリウスは河原に出ると、雑魚とりをしていた子供に混じって水遊びを始めたのだ。初め、ラザークを見て「人買い」と間違えた子供たちも、いまでは打ち解けて歓声を上げている。

一刻（二時間）ほど、そうしていただろうか。やがて子供たちが帰り、ダリウスもどっかりと土手に腰を下ろしていた。ラザークは、その間、最初の場所から一歩も動いていない。

「そこの六人。今度は、お前たちと遊ぶ番だ」

首だけ振り返って、土手の上を見る。河沿いに声が響いていく。

ダリウスの言葉通り、六人の男たちが姿をあらわす。腰には剣。鉄の擦れる音は、鎖帷子《くさりかたびら》を着込んでいる証拠だ。一スタルト（約三・六メートル）ほどの間合いをとって、包囲する形で歩みを止めた。

「尾行をするなら、殺気を消す練習ぐらいしておけ」

「ほざくな。ナセル公は『潰《つぶ》してもよい』と仰せだ。あまり減らず口を叩くようならば、いま、ここで潰してやってもよいのだぞ」

下手な挑発だ。と、ダリウスがにやけた。殺してしまえば、死人に口なしである。幾らでも理由はつけられる。

殺すことができるのならば、の話であるが。

「潰す、か。いいな。面白い」

ダリウスが立ち上がると同時に、ラザークが剣を抜いた。もはや、主が戦闘を開始していることを悟っている。剣は、傭兵《ようへい》の時代から使用しているものだ。鉄槌《てっつい》は、馬上専用の武器だった。ちなみに槍から弓、短剣まで使いこなせる。武骨な風貌《ふうぼう》に似合わず、器用な男であった。

刺客となった六人も、そろって抜剣《ばっけん》している。

「子供が帰るまで仕掛けてこなかったのは、褒めておく」

ダリウスは、いつになく真面目な顔つきである。

「大人の喧嘩は子供に見せるもんじゃない」

語尾の音が消え入らないうちに、巨軀《きょく》が横に飛んだ。一瞬前にいた地面が、勢い余った切っ先で抉《えぐ》られる。

「ちぃっ」

逃した得物を追って、刺客の牙が水平に薙《な》ぎ払われた。

ごぎりっ。

と、えもいえぬ、いやな音を立てて吹っ飛ぶ。

刺客が。

ラザークの胴斬りが入ったのだ。相手は、やはり鎖帷子を着込んでいた。おかげで、刃が通ることはない。ただし、肋骨《ろっこつ》の二、三本は粉砕されたであろう。なにしろ、馬上で鉄槌を軽々と振り回す男の腕力で、斬りこまれたのである。

入れ違いに、三人が躍りかかってきた。

ダリウスには二人。一人目の手首を押さえて体をかわす。二人目の斬撃が空を裂く。

「そらっ」

掛け声と共に、一人目の世界が急速に反転した。身体が宙に浮いた錯覚を、現実のものだと頭が判断したときには、もう遅い。背中から川面《かわも》に突っ込み、派手な飛沫《しぶき》を上げた。そのときにはすでに、二人目が頭を地面に叩きつけられて失神している。

ラザークを相手にした男は、一人で歯向かったことを後悔する暇もなく、最初の男と同様に肋骨を叩き折られて悶絶《もんぜつ》していた。さらに、自ら間合いをつめる。桁違いの強さに反応ができず、立ち尽くす一人へ刃を向けた。

二撃。

左右の鎖骨をへし折ると、殴り飛ばして気絶させる。

「運動にもならんな」

ダリウスが、つまらなそうな表情で最後の一人を見やった。膝が震えている。明らかに怯《おび》えていた。

ここまで、百を数えるまでもない。あまりにも、強さの次元が違う。

「終わりだな。帰るぞ」

ラザークに声をかけ、無防備にも背中を向ける。刺客は、そこに不意打ちを仕掛けようなどとは微塵《みじん》も考えなかった。どんなに想像力を駆使しても、その後で地面に転がっているのが、ダリウスだとは思えないのだ。

「しっかり手当してやれば、死ぬような傷じゃないはずだ」

振り返りもせずに言い捨てて、さっさと土手を上がっていく。

たしかに、ずさんな看護をしないかぎりは、死ぬような傷を負った者はいない。

ダリウスが得物を持たなかったのは、わざとである。例の「削《けず》り出し」の大剣を振り回したら、おそらく全員死んでいただろう。手加減などという器用なことができる男ではないのだ。

そもそも殺意がなかった。

「ただの喧嘩」

というわけだ。ラザークも、ダリウスが丸腰であった時点で、その旨を了解している。剣を抜いたのは、主のような化け物じみた芸当ができないから、というだけの理由だ。

こういった無言の会話が、キルスなどにはできない。

ダリウスに言わせれば、

「気がきかない」

ということになる。キルスの場合、相手を殺してしまう。殺意はないのだが、わが身を大事にするせいで、敵に対して容赦がないのである。

「殺してしまえば、反撃はない」

といった、考え方であった。

ダリウスは、以前、暗殺者であった頃のアスティアに命を狙われたことがある。その時に、

「退屈しないでいい」

と、哄笑《こうしょう》した男だ。危険の中に身をおいて、楽しんでしまう人間であった。果たして、ラザークも楽しんでいたかは疑問が残るものの、少なくとも、退屈はしていなかったであろう。

であるから、「平和主義者」のキルスが「喧嘩」をする場合、言い訳が必要になる。

今回の場合、

「やっぱり、馬泥棒の退治かな」

と、口中で呟いた。

宿にある馬小屋に手綱を引いて入ると、続けて三人の男たちがなだれ込んできた。ダリウスらを襲った連中と同様に平民の服装であったが、下に鎖帷子を着込んでいるようだ。一様に臨戦態勢をとっており、すでに、腰へ手をやっている者もいる。

「おとなしくしてろ」

殺気だち肩をいからせる姿は、とても官吏《かんり》とは思えない。

「いや、これが官吏の姿かな」

ぼんやりと考える。

「どのみち、悪党だな」

思って、腰の細剣を抜いた。

「どなたか存ぜぬが、私と、この馬たちに危害を加えるつもりなら、こちらも無抵抗ではないご愛読ありがとうございました。今後の出版企画の参考にさせていただきますので、ご記入の上ご返送くださいますようお願いいたします。(○をおつけください。複数回答可)

■この本を何でお知りになりましたか?

A 書店で見て　B 人にすすめられて
C 文庫チラシで　D 広告で(雑誌名　)
E ネットで(著者のサイト　イラストレーターのサイト　その他のサイト)
F その他(　)

■お買いもとめいただいた書店名を教えて下さい。

■お買いもとめいただいた理由は?

A 作者が好きだから　B イラストにひかれて
C 人にすすめられて　D オビ、カバーの内容紹介を読んで
E ネットで見て
F その他(　)

■内容について

ストーリーが	A 良い	B 普通	C 良くない
キャラクターが	A 良い	B 普通	C 良くない
設定が	A 良い	B 普通	C 良くない

■イラストについて

表紙が	A 良い	B 普通	C 良くない
口絵が	A 良い	B 普通	C 良くない

■WebサイトGAグラフィック(http://ga.sbcr.jp/)はご覧いただいたことはありますか?

A ある　B ない　C しらなかった

■この本を読んだ感想やお気づきの点をお聞かせ下さい。

郵便はがき

お手数ですが 50円切手を お貼りください

107-0052

東京都港区赤坂4-13-13
ソフトバンク クリエイティブ(株)
3階 ジーエー文庫編集部行

自宅住所 □□□-□□□□	自宅TEL ( )		
フリガナ		性別	男 ・ 女
姓	名	年齢	
職業	□ 会社員 □ 学生 □ 公務員 □ サービス業 □ その他 ( )	□ 自由業 □ 自営業 □ 主婦 □ 無職	
お買い上げいただいた本のタイトル名			

ご記入いただいた個人情報は、アンケート集計や今後の刊行の参考とさせていただきます。それ以外の目的には、使用いたしません。

お送りいただいた方の中から、抽選で小社より粗品をさしあげます。

透き通るような声をしている。その声でもって、白皙《はくせき》の優男《やさおとこ》が涼しげに言うのだ。

ほとんどの者が往々にして、この時点で騙《だま》される。

「青白い野郎が、ひょろ長の剣で抵抗だと。笑わせるな」

と、嘲弄《ちょうろう》するのだ。現に、男たちは声を上げて笑っていた。

「笑ってないで、剣を抜いたらどうですか」

男たちが怪訝《けげん》な顔つきで優男を見る。

「そうして頂かないと、私の正当防衛が成り立ちませんので」

「ふざけるなっ」

抜く手も見せずに、一人が斬りかかる。かなりの手練であった。

が、キルスは、さらに上をいく。

その剣先を見切れる人間など、この世界に片手ほどしかいるまい。男は、勘定の内に入らないようであった。喉を裂かれ、血泡と肺の空気を吹き出しながら、前のめりに倒れる。四肢の痙攣《けいれん》が収まらぬ間に、折り重なるようにして二人目が死んだ。眼球から後頭部へ、針のような細剣が貫いていた。

恐慌をきたした生き残りが、背中を向ける。

その後頭部に、赤いこん棒のような物が伸びた。ダリウスの馬が、前足を出したのだ。まるでで、陶器が割れたかのような音を響かせ地面に伏す。

頭蓋が、陥没していた。

「ふっ」

と、キルスが息を吐く。たった、一呼吸であった。赤毛の巨馬が満足した様子で、自ら小屋に入る。残る二頭も、何事もなかったように飼葉桶《かいばおけ》の中に顔を突っ込んでいた。

「後頭部は、正当防衛になるかな」

剣を収めると、頭を掻く。はたはた、と巨馬は尻尾を振った。

「細かいことをぬかすな」

と、言っているようであった。

商人コルネリオ

　雲行きが怪しくなっていた。

　嵐の到来、とまではいかないが、天候はすぐれない。

「今夜は降りそうね」

　窓辺で、アスティアが空を見上げている。星が一つも見えない。月の光が、雲の薄い箇所から漏れている。湿りのある大気は彼女の横をすり抜けて、室内にある燭台《しょくだい》の炎を揺らめかせていた。

「今晩は、窓を閉めて寝ましょう。雨が降りこんでくるかもしれないわ」

「そうですね」

　フィアナは読んでいた本を閉じた。

　本、と書いた。誤解のないように述べておくが、この当時の本は現在のように定型に製本されているわけではない。粗悪な紙を重ね、紐《ひも》で留めただけである。それでも高級品であった。普通は布、羊皮紙である。書物など読まずに一生を過ごす者が当たり前であったし、なにより識字率が低い。

本を読むという何気ない行為が、特別な時代であった。

「落ちついてるわね」

アスティアが机に置かれた本を一瞥《いちべつ》する。ダリウスたちが城砦《じょうさい》都市ガルアを発って六日。そろそろ騒ぎが起きてもよい頃合いであった。

「全然」

フィアナは、ことさらおどけた調子で肩をすくめてみせる。

「しおり、見てください」

なるほど、とアスティアは苦笑した。昨日より前にある。

「今日、続きを読んだら、何も覚えていないんです」

「それで、また読み返してるわけだ」

「ええ」

頷《うなず》いて、表紙をそっと撫《な》でた。

「でも、不思議なんですよ」

「何が」

「緊張しているんだけど、怖くないんです」

向かいの寝台に腰掛けたアスティアを、見つめて微笑んだ。旅の影響で、頬のあたりの肉が少しばかり落ちていた。だが、その笑顔に疲れは見受けられない。

「たったの五人で、こんな大それた事をやろうとしているのに。冷静に考えれば、できるはずないんです。こんな事。無謀すぎますよ。非常識です」

興奮気味にまくしたて、一息、吐きだす。

「それなのに、怖くないんです」

「ダリウスがいるものね」

アスティアが片目を瞑《つぶ》ってみせる。元皇女の頬に、さっと朱がさす。

「でも、それだけじゃありません。アスティアさんと、キルスさんも、ラザークさんも……。皆さんがいるから」

それに、と話は続く。

「私、やっとわかったんです。この一か月、旅をしてきて」

「何が判ったの」

「最初、まだ、カルディア帝国で人を探しているときは、戦がしたかったんです」

「戦が……」

物騒な単語が飛びだすなあ、と目を丸くする。フィアナの語彙《ごい》が乏しいわけではない。例によって、己の感情に対する純粋さ、というものであろう。本心である。

「国を失って、カルディアへ逃げて……。その間、ずっと、ガルアの人たちが苦しんでいる姿を想像していました。異国の王に支配され、辛いだろうと思っていたんです。恥ずかしい話なんですけど、民を救うのは私しかいないと思ってました」

「それが、違った」

「はい。国が滅んでいった、あの瞬間。逃げる馬の上で、人々の顔を見ました。みんな、哀しんでいた。そのときは、国が滅んで哀しんでいると思ったんです。でも本当は違った。大切な人を失って、涙を流していたんです」

机を離れ、自分の寝台に腰を下ろす。

「今、ガルアの人たちは幸せそうでした。生活は厳しいでしょうけど。でも、ガルアのときよりも、悪化したとは思えません。もしかしたら、良くなっているかもしれない。昼間は子供たちの歓声が聞こえて、夜は大人たちが楽しそうに、酒場で一日の疲れを癒《いや》して」

気がついて良かった。

と、フィアナは囁《ささや》いた。

「気がつかなければ、また、戦を起こすところだった。勘違いしたままだったら、また、たくさんの涙を見るところだった」

戦いたくもない人に槍を持たせて、後ろから蹴飛ばすような人間が、再び国を手に入れてどうすると言うのか。それこそ、国民は叛乱《はんらん》を起こすだろう。

「だから、私は自分のために戦います。フィアナ・アルバハートの、一世一代の大喧嘩をしようと思っているんです」

「最高」

アスティアが大きく頷いた。

「私は喧嘩の素人だから。あと少し、よろしくお願いしますね」

「まかせといて」

と、アスティアが胸を叩く。

「わたしたち、喧嘩が好きだから」

その言葉のおかしさに、二人とも声を上げて笑う。

外は、小雨が降り始めていた。


その男は、かなりの肥満体であったという。

歩くごとに、顎下の脂肪が揺れ動く。腹部が波うつ。額と鼻の頭に、じっとりと浮かぶ汗を、忙しく拭いている。少し動くだけでも汗をかくというのに、今日は随分と動き回っていた。

いまも、動いている。

自室で、ぐるぐると同じ場所を回っているのだ。時折、立ち止まって汗を拭き、何やら呟《つぶや》くと、再び歩く。

もう、半刻（一時間）も同じようにしていた。

男は、商人である。

名をコルネリオと言った。生い立ちの詳細は不明だが、五十六歳で死んだ。死因は心不全。心臓が、その巨体を維持できなかったとみえる。

その、巨漢ぶりを示す逸話が残っている。

遺族に見送られながら、彼の亡骸《なきがら》を収めた棺桶の蓋を閉めようとしたときだ。腹の脂肪が余りにも多いために、なんと蓋が閉まらない。棺桶を作った職人は、どうやら、縦横の寸法だけを計り「高さ」を失念していたらしい。結局、その日の内に特注の蓋を作らせて、事なきを得たということだ。

そのときに遺族の一人が、

「空気を抜いたらどうだ」

と、言ったという話もあるが、おそらく、後世の質《たち》の悪い作り話であろう。

これが、十五年後の話であるから、当時は四十一歳ということになる。

世間一般には、「豪商コルネリオ」として知られている。現在のコルネリオ財閥は、彼の子孫が経営している企業だ。むろん、その看板は偉大な先達にちなんで命名された。

が、この当時、彼は「豪商」ではない。

一介の商人であった。

「ううむ」

何度目かの小休止で、コルネリオが呻《うめ》いた。これほど迷うのは、久しぶりだ。

この日の昼、フィアナが彼の元に訪れた。騎士団長と懇意にしていた商人というのは、彼のことであった。

普段は部下を顎で使い、自分はもっぱら経営のほうへ回っているのだが、貴族階級を相手にするときは違う。自ら出向いて、交渉をした。騎士団長の口利きで、王妃などに宝石の類《たぐい》を売ることもあった。というより、いまは亡きガルア王妃の装飾品は、ほとんど彼が工面したものだった。

王宮に出入りしていたから、当然、フィアナの顔を知っている。

対面は、小さな客間で行われた。部屋には、フィアナとアスティア。そして、コルネリオだけである。およそ三か月ぶりに、やや憔悴《しょうすい》した元皇女を目の前にして、開口一番、

「賞金が懸けられておりますよ」

と、神妙な顔つきで囁くように言った。フィアナは頓着《とんちゃく》していない。

「大丈夫。この町で私の顔を知っているのは、貴方くらいのものよ」

「万が一ということもございます。お気をつけください」

「それは、私の身を案じて言ってるの」

「もちろん」

ぬけぬけと答える。本当は、彼女と関わって新支配者にいらぬ疑いを持たれたくない、という意味だ。

気をつけろというのは、

「少しは、気をつかえ」

と、同義である。フィアナは、あえて黙殺した。

「頼みがあるの」

「その前に、隣の美人を紹介して頂けませんか」

アスティアを一瞥して、

「先程から、私のことを睨《にら》んでおられる。美人が怒るとはくがついて、えらい怖いんですよ」

美人と呼ばれても、アスティアは愛想笑いの一つも見せなかった。冷ややかな目つきで自己紹介する。

「アスティアよ。彼女を助けているの」

「左様で」

コルネリオが低姿勢を崩さず、にこやかに応じる。

「狸親父め」

アスティアは心中で舌を出した。

「こいつは信用できない」

と、思っている。確証はない。本能が訴えるのだ。警鐘が鳴っている。

「それで、何でございましょう。私に頼みというのは」

「王城の様子を、探ってきてほしいの」

「はあ。けれども城主さんが代わられて、なかなか取引のきっかけが摑《つか》めませんので。少し時間をいただきませんと……」

「駄目。一両日中には報告が聞きたいの」

「そんなご無体な。これぱかりは、絶対に無理です」

汗を拭きつつ、真剣な顔で首を振る。

「その舌は飾り物なの。母上に、あれだけの宝石を売った情熱の、ほんの少し傾けるだけでいいはずよ。取引のきっかけを摑むことなんて」

「はあ……」

「もちろん、ただで、とは言わないわ。ちゃんと報酬を用意します」

「いかほど頂けるんでしょう」

「城の御用商人とします」

「そりゃまた、大層な」

目を丸くした。さすがに、本気で驚いている。

普通、商人が城に出入りする場合、関係する役人の審査を受ける。といっても、大したことではない。出身はどこで、何を売るのか、といった簡単な質問に答えるだけだ。たびたび出向けば、役人とも顔見知りになる。覚えが良ければ、上から声が掛かることもあった。

そうやって、幾人かの「大商人」が城に出入りするのだ。コルネリオも、その一人である。

しかし、「御用商人」となると話は別であった。

城のお抱え商人である。城で取引ができるのは彼一人となるのだ。利益の独占はもとより、他の城にも口利きして貰《もら》うこともできた。役人との交渉という、余計な手順を踏む必要がなくなる。

なにより、商売でいちばん大切な、

「信用」

を、得ることができるのだ。

アスティアも驚いた。ただし、目の前の肥満商人とは別の意味で、である。

これでは、

「城を奪い取りますよ」

と、暗に言っているようなものだ。にわかに、身の危険を感じ始めた。

「そこまで仰《おっしゃ》るのなら、断れませんな」

コルネリオが額の汗を拭《ぬぐ》いつつ、芝居がかった素振りで決意の顔を作った。

「やってくれるわね」

「まかせといて下さい。鼠《ねずみ》の巣まで調べておきましょう」

と、力強く承諾したまではよかったのだ。

さてさて、どうしたものか。

再び、部屋を回りだした。立ち止まっては汗を拭き、ぶつぶつと何事か呟く。さらに二十周ほど周回を重ねただろうか。その打算的な頭脳が、ついに結論を弾きだした。

机に向かうと羊皮紙に筆を走らせる。二度ほど書き直して、ようやく文面ができた。使用人の名前を、深夜にもかかわらず大声で呼ぶ。

「何でございましょう」

「これを」

と、巻いた羊皮紙を使用人に手渡すと言った。

「ナセル様に届けてくれ」


一部の例外を除いて、町は寝静まっている。

宿の一室でも、アスティアとフィアナが小さく寝息を立てていた。外にあるものは微《かす》かな雨音だけである。風の音すら聞こえぬ。

常人には。

不意に、寝息の一つが途絶えた。

猫のようなしなやかさで寝台を下りたのは、アスティアだ。しばらく片膝をついたままで、床に手を当てていたが、やがて夜着を脱ぎ捨てた。手早く普段着の袖に腕を通し、フィアナの頬を軽く叩く。

熟睡中の皇女は、微かに甘えた呻きを漏らして寝返りをうった。うっすらと瞼《まぶた》を開けたが、その瞳は焦点を結んでいない。

「フィアナ。起きなさい」

耳元で囁く。再度、頬を叩くと、はっと息を吐いて目を覚ました。いまだ、深夜であることは瞬時にして理解したようだ。闇の中で、頬に当てられたアスティアの手を握る。

「起きたわね。すぐに服を着替えなさい。灯は点《つ》けないけど、大丈夫でしょ」

早口である。これも囁きであった。口調が、緊迫した現況を物語っている。

フィアナの全身の機能が、音を立てて活動を開始した。枕元をまさぐり、服を探す。適当に着替えると、寝台の下に置いた長剣を取り出した。例のごとく肩にかけ、柄《つか》に手を置く。

「アスティアさん」

暗闇の奥に小声で呼びかけた。返事はない。が、扉から薄く光が差し込んだ。アスティアが廊下の様子を窺《うかが》っているのだ。扉の隙間《すきま》から漏れる一条の光が揺らめき、瞳に反射している。

「まるで別人」

そこに立つ人物は、馭者台《ぎょしゃだい》に座る明るい町娘でもなければ、ダリウスの傍《かたわ》らで静かにしている大人の女性でもない。幾度か話題にのぼった、

「暗殺者」

の目つきをしている。

これまでフィアナは、幸運にも暗殺者という人物に会ったことがない。したがって比較対象は存在しないのだが、どういうわけか、間違いないという確証を持った。

澄みきった瞳は、冷静さと、それに伴う洞察力の深さを示している。感情は消え、あるのは現実を認識する光だけ。

「殺意も抱かず、人を殺す」

そういった、すこぶる職人的な印象が強い。

そっと、扉が閉まった。闇に、フィアナは視覚を奪われる。アスティアの気配が、まるで把握できない。一スタルト（約三・六メートル）も離れていないはずだが、たった独りきりになった気がした。

怖い。

歯を鳴らしそうになって、フィアナは思い切り食いしばった。これまで歳には似合わぬ修羅場を経験し、そのいずれにも怯《ひる》まなかった少女が、生まれて初めて恐怖を噛みしめた。

怖いよ。

ついに震えが抑え切れなくなったとき、カタンと木窓が開いた。雨音が、より、はっきりと聞こえてくる。

気配が戻った。アスティアは大きく窓を開くと、下を見下ろし、フィアナに向き直る。

「寝台の下に隠れて」

厳しい顔つきで指示した。フィアナが従ったのを確認すると、自分も温もりの残る寝台の下にもぐり込む。

「手で口を押さえて、目を閉じなさい。心臓の鼓動を操るつもりで、ゆっくり数えるの。もちろん、頭の中でね」

と、優しい声がフィアナの耳に届く。

そうして、またしても気配が消えた。頭をわずかに巡らせば、暗闇に慣れた目はアスティアを捉えることができる。ただし脱《ぬ》け殻《がら》だ。人間らしさはおろか、生き物らしささすら感じることができぬ。

フィアナは二度目の孤独感を味わいつつ、恐怖にのまれないように意識を集中した。

「ひとつ。ふたつ」

と、かぞえはじめる。

廊下の床が軋《きし》んだ。ついで、木製特有の乾いた音が、一定の拍子で鳴る。緊張しきった空気には場違いな、気の抜けた音であった。

「フィアナ・アルバハート皇女。ここにいるのは、判っております。手荒な真似はいたしたくない。出てこられよ」

声は、酒場でダリウスに話しかけたナセルという男のものである。

さらに、二度、扉を叩く音がした。もとより、部屋の二人は返答する気などない。静寂が応じた。

一呼吸の間があって、いきなり、扉が蹴破られた。五人分ほどの足音が、不作法な侵入を果たす。

「いないぞ」

「ちくしょう。逃げられた」

一人が荒々しく窓に駆け寄った。小雨に濡れた街路を見下ろす。アスティアが窓を開けたのは、そこから逃亡したと思い込ませるためだったのだ。これが閉めきったままならば、家捜しをされて呆気《あっけ》なく見つかったに違いない。

「下だ。行くぞ」

男たちが、慌ただしく部屋を後にする。

ゆっくりと百を数えただろうか。アスティアが寝台の下から這《は》いだした。フィアナもそれに倣《なら》う。

「裏切られたみたいですね」

あっさりと、フィアナが言った。コルネリオの事である。事の前後を考えれば、当然のことであろう。

「どうも、信用できないとは思っていたんだけど」

「ええ」

と、フィアナが頷く。

「私も、そう思っていました」

あの、小憎らしいほどの涼やかさで微笑む。言葉の真意をはかりかねて、アスティアは微笑を見つめるだけだ。

そのとき、蝶番《ちょうつがい》の外れた扉が開いた。

「やはり、そこでしたか。フィアナ皇女」

入ってきたのは、ナセルである。手にしている燭台の灯が、妙に眩《まぶ》しい。

「王宮で暮らしていた方とは思えぬ手際の良さでしたな。下々の生活を経験されて、覚えられたのですか」

皮肉か冗談か。どちらにせよ面白くもない、とフィアナは緊張した面持ちで、部屋へ踏み込むナセルを睨みつけていた。

ナセルの物腰は、実に柔らかいものであった。殺気どころか害意すら見当たらぬ。歩を進めるたびに耳障りな音を立てる帯剣だけが、禍々《まがまが》しさを演出している。

「もっとも、隣のお美しいご婦人などは、昔から得意だったというような顔をしてますな」

風が巻いた。

魔法のように、フィアナの手には剣があった。切っ先から殺気が立ちのぼり、ナセルの歩みが止まる。

「剣を収めて頂きたい。手荒な真似はしたくないと申し上げたはずです」

「抵抗しなければ、命は助けるって口ぶりね」

「その通りですよ」

と、あくまでも穏やかな雰囲気を崩さず、アスティアの言に頷く。

「『捕まえるように』と陛下の下知《げち》を受けておりますので。それに、実は私、人を殺したことはないんですよ」

これは、本当のことである。もちろん、直接、手を下したことがないという意味であったが。

「だからといって、『はいそうですか』と納得するわけにはいかないのよ。彼女はね、貴方たちに喧嘩を売りにきたんだから」

「ふむ」

と、ナセルは顎を撫でた。仲裁ならば、いざ知らず、挑発している相手に剣を引けと言うのは無理な話である。

「わかりました」

無造作に剣を抜いた。片手で中段に構えをとる。燭台は床に置いた。

「お望みどおり、腕ずくで従って頂きます」

気負いがない。淡々としていた。

「どういう男だろう」

　アスティアは戸惑った。

　手練は、二種類あると思っている。その雰囲気で明らかに実力が判る者。そして、見かけと実力の差が著しい者。ダリウスとキルスのような違いだと思ってもらえばよい。

　ナセルは武人と言うよりも、むしろ、政治家と言ったほうが適当だ。

　しかも、困ったことに、そのままなのである。

　どうしても、手練とは思えぬ。キルスのような武人とは考えられないのだ。ただの「はったり」と結論づけて、ナセルの碧眼《へきがん》を見据えた。

　今なら一人だ。この男を人質にすれば、今後の展開を有利に運ぶことができる。

　アスティアの両手に、三本ずつの鉄針が握られていた。細いが長さは掌《て》と同じだ。先端には、即効性の麻酔薬が塗られてある。

　手首が翻《ひるがえ》った。アスティアの白い腕がしなる。薄明かりの中、針が飛んだ。常人の動体視力であれば、まず避けられまい。それだけの速度があった。

「おっと」

　ナセルは体に似合わぬ素早い動きを見せると、有り余るほどの余裕で針をかわした。小気味よい音を立てて、背後の扉に針が刺さる。末端が振動し、弦を爪弾いたような和音が部屋に響いた。

「なっ」

アスティアの驚愕《きょうがく》を背に、間合いを詰めたフィアナが突きを放つ。かわしづらい胴への二段突きだ。ナセルは軽妙に後ろへ下がる。切っ先が二回、空を貫いた。

そのままナセルは、信じられないことに背中を向けた。攻撃の予備動作とは、とうてい思えぬ。全身、これ、隙の塊であった。

「誘いだ」

アスティアの理性は、かろうじて本能を抑え込んだが、フィアナは違った。一片のためらいもなく、踏み込むと一文字に剣を払った。同時に、ナセルが振り返る。

どうっ。

と、派手に音を立てて倒れたのは、フィアナの方であった。手の甲に、アスティアの針が刺さっている。

「そんな、馬鹿な」

恐れと驚きに目を見開き、アスティアも跪《ひざまず》いた。右腕には針。

「なかなかに鋭い打ち込みでしたが」

ナセルが斬られた服をつまんでみせる。紙一重で見切っていたのだ。

「私には妻も子供もいる上に、太守としての責任もあるんですよ。そう簡単に殺られるわけにはまいりません」

言いおえた時には、すでに、アスティアも昏倒《こんとう》していた。

扉に刺さっていた最後のひと針を抜きとる。この、か細い得物で対抗するのであるから、それなりの処置が施されている、とナセルは判断した。背中を見せたのは、針を取るための動作であった。しかも、無防備な動きをするほど、アスティアは手練としての警戒心を発揮させ、踏み止《とど》まらざるをえない。心理効果まで瞬時に計算していたのである。

「結構、得意でね。この手の遊びは」

何気なく手首を翻して針を放つ。机上で、鈍い音がした。

城の人間が女二人を運んで引き上げた翌朝、部屋を片づけにきた宿の娘は、しきりに首を傾げていた。

「どうした」

という、主人の問いかけに、黙って手を引いて部屋へ連れていく。

そこにあったのは、本を貫いて机に深々と突き刺さった、長い針であった。

酒宴

時間を、戻す。

ガルアの二人が宿で倒れる当日の朝である。

ダリウスら三人の前に、山城が出現した。ガルア領の東部国境を護る城だ。つづら折りの道を一刻（二時間）ほど登れば、たどり着く。

現在の城址は、およそ三百年ほど前の比較的新しいものだ。西にガルアの盆地地帯を望み、東には中原と呼ばれる大平野を見渡す景観は、大陸でも指折りの観光名所である。特に春や秋には、山の味覚も楽しめるとあって、訪れる人は後を絶たない。

ダリウスが、この景観を眺めていたのは、約七百年前のことである。

「たいしたもんだ」

と、感嘆の声を上げていた。後ろに、キルスとラザークの二人が歩く。各々、荷駄用《にだよう》の馬を引いていた。荷は、武具一式だ。ダリウスの槍とラザークの鉄槌《てっつい》が、これみよがしに括《くく》られている。

「ダリウス様。あまり離れないようにして下さい」

ともすれば先走りがちな主《あるじ》に、キルスが神経質な注意をする。宮廷暮らしの頃から、こういうやり取りは変わっていない。もちろん、ダリウスの応答も同じである。

「余計な騒ぎは起こさんよ」

振り返りもせず、ひらひらと手を振った。

「それもありますけどね」

形のよい眉の根を寄せて呟《つぶや》くと、となりを歩むラザークを見た。相棒は例の仏頂面で、ぎょろりと目を動かしただけだ。

「諦めろ」

と、言っている。

実のところ、ダリウスが離れると困るのは、キルスたちなのだ。何しろ、馬の背にある荷物は、どこから見ても武具である。しかも、槍と鉄槌は剝《む》き出しのまま。これで不信感を抱かない官吏《かんり》は、どうかしている。

馬車があったころは、まだ良かった。荷台に隠しておけるからだ。もっとも、ダリウスなどは、

「隠す必要があるか」

と言って、ふてくされていた。

「武人が得物を持ち歩いて、どこが悪い」

というわけだ。ちなみに、商人と偽るのも反対していた。悪戯《いたずら》は好きだが、嘘は好まない。だからこそ、ナセルと酒場で飲んだときには、あっさりと正体を認めたのである。

頑固に我を通さなかったのは、

「少しは町の見物をさせてほしい」

という、アスティアの言葉があったからだ。アスティアだから折れたわけではない。他のどんな人間が言っても同じ反応を示しただろう。

「結局、あの人は、どこを切っても武人なのだ」

すでに視界から消えた主を思いつつ、キルスは嘆息した。

戦になれば、生死は天にまかせて戦場を駆ける。今回も似たようなものだった。わずか五人で一国を奪うのだから。命をよそに預けるということは、死ぬ覚悟も決めておかなくてはならない。

「未練あっては、死に切れぬ。今宵を大いに楽しまん。夢も現《うつつ》も食らいつつ、果ての果てまで生きていかん」

以前、妓楼《ぎろう》で興に乗ったダリウスが、即興で作った小唄である。軽快な調子で太鼓を叩かせて、夜通し騒いだことをキルスは昨日のことのように思い出せる。

そういう唄を好む男なのだから、ガルアの町並みも見ずに、事を起こすのは勿体《もったい》ないと感じるのは当然であった。

「壊していい所と、悪い所も見ておかなくてはな」

それまでの不機嫌さが嘘のように、喜々としてガルアに乗り込んだのである。

いま、アスティアがいない。充分に景観を堪能してしまったから、先日のような口実も通用しまい。だいいち、キルスやラザークは彼女のように気がきかぬ。

さらにキルスは、

「事情を説明しよう」

などと、毫末《ごうまつ》も考えぬ。食い下がろうものなら、

「帰っていいぞ」

と、つれない言葉を頂戴するに違いないのだ。

いっそ、帰ってしまいたいが、そうもいかない。嫌というほど、ダリウスという人間を理解していた。ここに至れば、もはや、意地である。

とりあえず、この場は、ラザークに従って諦めた。そして、ついていくのだ。

「暇にはならんさ」

ラザークが、よく通る声で言った。

そうだ。たしかに、ダリウスと一緒ならば暇を持て余すことはないだろう。

そこまで思って、気がついた。

「なんで、俺の考えていることが判ったんだ」

と、訊《たず》ねる。珍しく、ラザークが口の端《は》を歪めた。にやけた、と言うべきか。

「判るさ」

としか答えなかった。


山城。

といっても、さほど高地にあるわけではない。山越えの街道は、自然、低いところにできるから、その付近にある山の頂を整地して造成された。高みには、狼煙台《のろしだい》や物見台などが設置される。この間を繋いで岩壁を作ったのが、長城の始まりであった。

当時の国境線というのは、基本的に河川や山脈を境としている。当然の帰結として、山の城郭は国境防衛の役割を負う。ガルアは、中央派遣という特殊な軍事体制であったが、山城にも兵はいた。

およそ百名。

騎士階級は二十名ほどだったと推測される。その全員が、城で生活するはずがない。城を下りた場所に居住地を持っていた。この時代の山城は、城主ですら城を離れて生活している。彼らの世話をする侍女や下男などを含めれば、五百人ほどになったであろう。いわゆる、城下町というのは、これが発展したものだ。

彼らは街道を通り、途中で城へ行く道に入る。逆に言えば、城への道を通るのは関係者だけである。

「なんだ、あの男は」

馬を止め、その鞍上《あんじょう》で訝《いぶか》しげな声を上げたのは、その日の役目を終えて城を下る若い騎士であった。馬廻りの者が五名、主の視線を追う。

大男が歩いていた。平民の、ごく一般的な服装だ。辺りの木々を物珍しそうに観察していた。ゆったりとした歩みで、こちらに向かってきている。荷物がないところを見ると、旅人ではないようだ。

山男衆の類《たぐい》だろうか。

と、若い騎士は首を捻《ひね》る。相手が誰であれ、このまま進めば城に行ってしまう。門兵の誰何《すいか》を受けるであろうが、ここで身元を訊ねておいても損はあるまい。

「そこの男」

騎士の呼びかけに、大男は初めて気づいたような顔をして視線を向けた。

「このまま行けば城であるぞ。何ぞ用か」

「城を見に来た」

大男は歩みを止めずに答える。

無礼な奴だな。

と、騎士が顔をしかめた。ただの村人風情が、礼もとらず、敬語も使わないというのは何事だ、というわけである。

「無礼者っ。こちらにおわすのは、太守ナセル公の叔子殿《しゅくし》（三男の意）であるぞ」

轡《くつわ》をとる若者の叱責にも、大男は動じる様子がない。ただ、ナセルの名が出たとき悪戯っ子のような目の輝きを見せた。

ぞくり。と、若い騎士は、背筋に緊張を感じて軽く身を震わせる。いやな予感がした。とはいえ、部下の手前、村人に怖《お》じ気《け》づくわけにもいかない。

「よい」

と、寛大なところを見せ、引きつった笑みを浮かべる。

「ナセルの息子か」

嬉しそうに大男が寄ってきた。

「父上を知っておるのか」

真正面に立った巨体に、息を呑《の》みつつ訊ねる。

「ああ。酒を酌《く》み交わした仲だ」

友人だ、と言っているのである。ナセルの三男坊という若い騎士は、慌てて馬を下りた。馬廻りが背後に退き、顔を伏せる。

「ご無礼つかまつりました」

丁寧な謝罪と共に、騎士は名乗った。

実は、困ったことに、この騎士の名前が史料にない。長男、次男でなかったことは確かである。この二人は、ガルアの城砦都市《じょうさいとし》にいた。

そもそも、ナセルという男の後には、名が残されていない、長男、次男の名前も土に埋もれてしまっている。国王から見れば傍系であるため、系図にも記載されていない。

最後の頼みである大男、つまり、ダリウスの残した『覚書』にも、

「ナセルの息子」

としか記されていない。

「青白い顔をした、色若のような奴だった」

という感想が見えるから、美青年であったらしい。青白い顔というのは、白人種の皮膚がそう見えただけであろう。

「青年」

として、話を進めたい。

「ダリウス殿、ですか」

青年は大男の名乗りに胸中で首を傾げた。どこかで聞いたことがある名であったが、思い出せぬ。父の友人であるから、以前に名前が出たのであろう。

そう納得すると、眼前の巨軀《きょく》を見上げた。

なるほど、そういえば、貴人に見えないこともない。ただ、引っ掛かる風体である、疑問を

口にした。

「何故に村人の服などをお召しになられているのですか」

「これか」

ダリウスは驚いた様子で己の服を見下ろす。服装を訊ねられるとは思ってもいなかったらしい。

「似合わぬか」

「いいえ」

と、青年は否定する。お世辞ではない。

どうも、ダリウスという男は、何を着ても違和感がなかったようだ。着こなす、というよりは、個性が衣装をねじ伏せていた。これほど剽悍《ひょうかん》な村人などいるはずもないが、われ知らず納得させられてしまう。

「ならば、よかろう」

「それもそうですね」

といった具合だ。僅《わず》かに釈然とせぬものはあったのだが、父の友人だ。余計な詮索《せんさく》をして機嫌を損ねては、あとで父に何と言われるか。

「この体軀だ。服をあつらえるのも大変なのであろう」

と、妙な解釈で答えとした。

「城をご覧になると言われましたね」

そうだ、とダリウスが頷《うなず》く。

「では、私がご案内いたしましょう。お急ぎでなければ、その後に城で一献《いっこん》」

「悪くないな」

褒美《ほうび》をもらう前の子供のような笑顔だ。

「供が二人ほどいるのだが」

と、申し訳なさそうな表情をする。

「もちろん、ご一緒に」

「そうか。では、行こう」

ダリウスが歩き出す。並んで歩きながら、

「馬に乗られませんか」

と、青年が勧めた。ダリウスは白馬を一瞥《いちべつ》して首を振る。

「俺には小さすぎるな」

「ダリウス殿に合う馬などいましょうか」

「いるさ。いま、ルード砦《とりで》の町に預けている」

「さぞかし見事な馬なんでしょうね」

「見たいか」

ぬっ、と顔を近づけて訊ねてきた。青年が、のけぞりつつ首肯する。

「そうかあ。見たいかあ」

遠くに視線を移した。何やら、楽しげな口調である。口許《くちもと》の笑みといい、目の輝きといい、どうみても悪戯小僧の顔だ。

いやな予感がした。

いやな予感が的中するという、いやな予感であった。

酒宴といえば聞こえはいいが、なにしろ突然の来訪だった。特別、肴《さかな》も用意していない。女もいない。慎ましいものである。

宴も半ば、青年が席を立った。

「実も華もございませぬが」

照れたように言うと、提琴《ていきん》を手にする。

「客人に芸の一つも振る舞わぬのは、かえって失礼。お耳汚《みみよご》しとは存じますが」

「是非、聞かしてくれ」

ダリウスの催促に、青年が一礼する。座が静まり、弦の擦れる音が室内に満ちた。大気が精妙な波動を繰り返す。高低、強弱、緩急と、変化に富んだ音調は巧みで飽きることがない。

「巧《うま》いな」

と、ダリウスは言葉と裏腹に渋面になった。傍《かたわ》らにいたキルスが、目の端で横顔を窺《うかが》う。やがて、主の表情に決心を読み取ると静かに席をたった。声を掛ける者はいない。城兵たちは、キルスが辞したことすら、気づいていないかもしれぬ。

緩やかだが大きなうねりを、隅々まで広げると、青年の手が止まった。余韻が、後を追うように収束してゆく。ダリウスは、はっきりと青年の体内に吸い込まれてゆく音を見た。

「見事」

短い賛辞であったが、この男にとっては最上級の単語である。青年も、意味をくみ取ったのであろう。はにかんだ笑顔を見せ、席に戻った。

「すまぬ」

だしぬけに、ダリウスが謝罪した。その潔さには、一種の爽快感《そうかいかん》すら漂っていた。しかし、青年には理由が判らぬ。

「何事、ですか」

うろたえながら、訊ねた。同時に、消えかけていた不安が蘇る。

いやな予感がした。

「実はな、酒盛りをするために来たわけじゃない」

「そうでしたか。それで、何の御用なのです」

「城を借りに来た」

一拍の間をおいて、青年が再び問うた。念を押すような口調であった。

変わらず、真面目な面で城を借りに来たと言い張るダリウスに、

「父上は知っておられるのでしょうか」

と、訊ねる。ダリウスの予想していた通りの問いであった。

「知るわけないさ」

淡々と否定した。心なしか、口許《くちもと》には笑みがある。

「いったい、どういう……」

理解に苦しむ青年の視界に、キルスの姿が入ってきた。腰には細剣。手には、二本の剣がある。そのうち一本は、青年が生まれて初めて目にする、「削《けず》り出し」の大剣であった。

巨軀が立ち上がった。影が、壁に伸びる。それだけの所作で、その場の城兵たちは呑まれてしまった。身じろぎ一つできぬ。獅子がのしかかるような威圧感に、体が痺れてしまったのである。

「判り易く言うとな」

キルスの剣を受け取ると、刃が鞘走《さやばし》る小気味よい音色を立てて、すっぱ抜く。見事な抜剣《ばっけん》ぶりである。座がさらに萎縮した。

「この城を乗っ取りに来た」

青年が目を見開いた。ダリウスを見上げ、何から言うべきか迷っている。口がむなしく、開

閉を繰り返す。

「何事だ。これは」

というのが、第一声であった。

つづいて、

「どうなっている」

「説明してくれ」

などと、うわ言のような調子で呟く。状況を理解しろと言うのが、どだい、無理な話であった。乗っ取る城の主と寸前まで酒宴をひらいていた人間は、史上にも多く存在する。しかし、その場合は常に策略であった。

心の底から楽しんだうえに、律儀に謝罪する者など、ダリウス以外に見当たらぬ。

青年もまた、律儀な性格のようであった。この状況を理解したのちに、

「抵抗しても、よろしいか」

と、確認したのである。とたんに、ダリウスが破顔した。

「面白いことを言う奴」

嬉しさを堪《こら》えきれぬ、といった体である。奇妙な人間と対峙《たいじ》することが、人生最大の楽しみと思っているような男である。

不意に、ダリウスは剣を放り出した。

「素手でいこう」

指の関節が、小枝を折るような音を立てる。

ここに至って、居合わせた城兵たちが己の職分を思い出した。丸腰であったが、数では遥かに上回っている。この部屋で二十名。

「外には、さらに二十名ほどいます。誰かが抜け出して城下に走れば、さらに増えます」

「何が言いたい」

ダリウスが、笑みを絶やさずに訊ねた。

「お世辞でなく、貴方は素晴らしい人だ。今だったら、まだ、戯言《ざれごと》で済ますことができましょう」

「外の二十名は、全員、寝てますよ」

キルスが、のんびりと口を挟んだ。欠伸《あくび》でも出しかねない。

「私の当て身でお休み頂きました」

微笑むと、細目がさらに細くなる。

「つまり、城内で起きているのは、ここの二十人だけだ」

ダリウスが宣言する。が、青年は怯《ひる》まない。兵の幾人かが、手元の椅子を抱え上げた。キルスとラザークの剣に対抗するためであろう。要は、城下へ一人でも伝令が走ればよいのだ。その間の時間稼ぎをするつもりなのである。

「二十対三では、勝てませんよ」

「そうかな」

ダリウスが、不思議そうに首を傾げた。

「おまえ、肝心なことを忘れてるよ」

言うなり、動いた。無造作に伸ばした手で、青年の首を鷲摑《わしづか》む。払われた足が頭の位置まで飛んだ。落ちついてみれば、喉を押さえつけられた形で、青年は床に転がっていた。

「俺の間合いにいる限り、一対一だ」

そして、絶対に負けない。

青年が、押さえつけられている手を振りほどこうともがくが、微動だにしない。まるで、岩にはめ込まれたようだ。

「あまり動くな。喉を潰《つぶ》すことになる」

ダリウスが、落ちつきはらった調子で言う。この言葉には、偽りがあった。青年の首は太いほうではない。「色若」と評された者であったから、むしろ、女のように細かった。自然、ダリウスの手は、首のほとんどを摑む形になる。

この男の握力で締められれば、喉はおろか、頸骨すら潰されかねない。

ダリウスの素性を知らぬ青年も、さすがに、相手が途方もない化け物であることは容易に判別がついた。観念して、おとなしく相手の出方を待つほかないと悟ったのだ。

「キルス。他の連中を頼むぞ」

城主を人質にとられては、兵士たちも身動きがとれぬ。そのまま、キルスの用意した縄で後ろ手に縛られた。

四半刻《しはんとき》ほどして、総勢四十名ほどの兵士が、ひと所に集められた。気を失っているものが半数。目覚めているものが半数。ラザークが、いつもの表情で監視する。

「さて、狼煙の本数を教えてもらおうか」

ダリウスが、一人の兵士の前に屈《かが》み込んで訊ねた。

狼煙という通信手段は、随分と昔から利用されている。例えば、およそ千三百年前のものとされている『サルゴーヌ軍記』にも、

「昼は狼煙、夜は苣火《きょか》、雨天は鼓《こ》とする」

といった、通信手段についての記述が見られる。その他にも伝馬、表《ひょう》（色のついた帯状の旗のこと）などが存在したようだ。

なかでも、狼煙の利用価値は高かった。およそ六百年も経過した当時においても、いまだに利用していたことが何よりの証拠だ。

理由は、その伝達の速さが挙げられよう。同書によれば、国境を侵犯した軍勢の報が一昼夜にして首都に届いたとある。時速にして十スティディア（約三十六キロメートル）という速度であった。伝馬の場合では、その四分の一である。

通信内容も、組み合わせによって、かなり充実できた。

生の葉を焼けば、白い煙がでる。枯れ葉は黒。硫黄《いおう》を混ぜて、黄色。それぞれに意味があった。


ダリウスの訊ねた本数は、軍勢の数を意味する。ただし、国の軍制によって違いがあった。この城の場合、一本が百人。二本が千人。三本が一万人である。狼煙台に上がる兵は、目算で兵数を見分けるという、それなりの技術が要求されたのだ。

であるから、誇りもある。

本来なら、城を乗っ取った相手に語るべき内容ではなかった。城主が人質にされていなければ、絶対に口を割らなかったであろう。

その城主は、後ろ手に縛られ、舌をかみ切らぬように猿ぐつわをされている。もっとも、みずから命を捨てるような真似をするつもりなど毛頭ない。ここで死んでも、おそらく結果は同じであろうと思われたのだ。

「三本で一万か。キルス。頼んだ」

ダリウスの命に、優男《やさおとこ》は踵《きびす》をかえす。

「俺たちはこれで消える。城主は借りてゆくぞ」

軽々と青年を小わきに抱え、ラザークを従えて部屋を後にした。

廊下を進んでいると、何やら青年が呻《うめ》いている。抱えたまま、戒《いまし》めを解く。一息ついて、青年が言った。

「二つ。質問があります」

「なんだ。言ってみろ」

青年を下ろして、自分の足で歩かせた。

「キルス殿はどうやって、二十人の兵をあっさりと……」

「別に、二十人が固まっている所に飛び込んだわけではあるまい」

当たり前のことを聞くな、と言わんばかりの口調であった。城兵は、全員が詰め所にいるわけではない。巡回する者や、櫓《やぐら》にいる者。門兵などもいた。一か所には、多くても五人である。

「あいつは、ああ見えても歴戦の猛者《もさ》だ」

不意をついて、しかも各個撃破ならば、まず負けはしない。

「で、もうひとつの質問はなんだ」

「貴殿は、父上の友人ではなかったのですか」

「いいや」

ダリウスは、間髪入れずに否定した。

「友だ」

と言って、白い歯を見せる。この男の場合、酒を酌み交わせば友であった。単純であるが、逆に言えば、嫌な奴とは絶対に酒を呑まない。

「ならば、何故《なにゆえ》……」

「世の中にはな」

反駁《はんばく》を遮《さえぎ》ると、ダリウスが言う。

「喧嘩友だちってのもいるんだ」

言い切る巨軀を見上げて、青年は納得した。

あの予感は間違っていなかった、と。

思惑

七月の十三日。

フィアナは、軟禁状態にあった。侍女による身体検査を受け、服は簡素なものに着替えさせられている。

部屋は、来客用のものである。おかげで、窮屈な思いをすることはなかった。必要な物も大半は揃っている。

「欲しいものは、この者たちに言ってください」

ナセルが、壁際で畏《かしこ》まる二人の侍女を紹介する。

「アスティアさんはどうしたの」

フィアナの語調は穏やかであったが、その奥には明らかに刃《やいば》が潜んでいた。返答次第によっては、喉笛を噛みちぎられそうな気迫である。

しかし、ナセルは黙して背を向けた。開かれた扉を抜けようとする。

「答えなさいっ」

と叫んだ勢いは、臣下に叱責《しっせき》するときと似ている。ナセルの足が止まった。

「フィアナ皇女」

振り返りもしない。

「貴方は、質問できる立場にいない」

冷え冷えとした物言いである。フィアナには見えなかったが、その表情は仮面のようだ。瞳にも、光はない。

「しまった」

フィアナは後悔した。ナセルの性質を思い出したのだ。ダリウスが評した、あの、「人を手駒としか思わぬ思考」である。

そういった男に、弱みを見せたのは間違いであった。この場合、アスティアの身柄には無関心を装っておくべきなのである。フィアナに対する、人質としての無効性を示さなくてはならない。

例えば、アスティアの喉元に剣を押しつけられたとしよう。

「彼女の命が惜しければ、計画のすべてを話せ」

というような状態に陥った場合のことだ。

「それがどうした」

と、はったりが効かなくなるのである。

この相手がセヴェロスだった場合、それすら通用しない。「それがどうした」と言った瞬間に、人質は死ぬからである。

ナセルは、そこまで苛烈《かれつ》ではない。

「格は違うが同類」

と、ダリウスに言われたゆえんは、そこにある。

だからこそ、弱みを見せるべきではなかったのだ。

「無事ですよ」

ナセルが変わらぬ冷たさで言い放った。

「命の保証しかできませんが」

肩が微《かす》かに震えた。笑っているのだ。酷薄であった。フィアナが悪寒に背筋を凍らせる。

同時に、激昂《げっこう》した。殺気と呼べるものではなかった。動物的な凶暴性である。だが、飛びからない。軽くあしらわれることも、理解していた。遅すぎた感もあるが、ようやく、相手が手練であることを認識していた。

「ごゆっくり」

必要以上に落ちついた様子で、ナセルは部屋を後にした。扉が、重々しく閉じられる。四人の武装した兵士が、扉の付近を固めていた。

「いやはや」

執務室に戻ったナセルは、肺の底にわだかまっていた息を吐きだしつつ、軽く頭を振る。フィアナから受けた重圧感を払い落としているかのようだ。

「皇女とは思えんな」

と、呟《つぶや》いて苦笑した。やはり、回りに居た人物たちの影響だろうか。

「猫でも、獅子《しし》に鍛えられると強くなるのか」

ダリウスの精悍《せいかん》な面構えを思い出す。その横にいたのが、アスティアだ。

「たとえ雌獅子《めじし》であっても、油断はできぬな」

再認識していると、部下が来た。

「コルネリオが来た」

という報であった。


「昼前だと言うのに、熱心なことだ」

この時代、商人は卑しい職業とされていた。仕入れ値より高く売り、利益を得るという現在では当たり前の行為が詐欺のようなものだと考えられていたのである。

もっとも、ナセルのあからさまな侮蔑《ぶべつ》の言葉など、コルネリオには通用しない。平然とした顔で受け止めている。

「商いには、昼も夜もございません」

張りついた愛想笑いと、半ば反射的な揉み手に、ナセルは顔をしかめる。

どうも、この商人の相手をするのは苦手であった。胡散臭《うさんくさ》さの、度が過ぎるのである。そのくせ、口にすることは、いちいち正論であったりするのだ。

何を信じてよいものか、判別がつかぬ。

「褒美《ほうび》は五百金であったな。すぐに持ってこさせよう」

さっさと金を渡して、追い返すのが得策と考えた。

「いや、しかし、見事な御炯眼《ごけいがん》」

「何がだ」

「フィアナ皇女が、私の所に来ると見破ったことでございます」

「別に、お前のところに来るとまでは判らなかったがな」

ナセルは、なげやりに応じた。

国境を越えてから、ダリウス一行の動きは常に把握していた。娘がフィアナではないかという情報を仕入れた時点で、立ち寄りそうな場所に網を張っておいたのだ。コルネリオは、その一つに過ぎない。

コルネリオは、ナセルの説明に、いちいち感心の態で頷《うなず》いている。

「ということは、他の誰かが五百金を頂く可能性もあったわけですな」

「そういう事になる。せいぜい、皇女に感謝しておくんだな」

「はい。で、どちらにおられるのでしょう」

「ぬしは、馬鹿か。言葉の綾《あや》だ。会わせられるわけがなかろう」

「左様でございまするな」

コルネリオにとっては、これで充分であった。まだ、フィアナたちが生きていると確認したかったのだ。まだ、あの皇女には「価値」があると考えている。

普段のナセルであれば、これほど簡単に誘導されることはなかったであろう。相手が、いけなかった。悪かったのではない。いけなかった、のである。

コルネリオに対する嫌悪感が勝るあまりに、ついつい、会話を早めに打ち切るようにしてしまう。余計な言を弄《ろう》するのも億劫《おっくう》になりがちだ。真実を述べることが、最短距離なのである。

肥満体の商人は、ナセルの己に対する嫌悪感を敏感に察知していた。それを、したたかにも利用して見せたのである。

「よいか、コルネリオ」

金を受け取って中身を改めている商人に、ナセルが話しかけた。

「いずれ、フィアナとその一味は反乱を謀《はか》った罪で捕まるだろう。そのとき、お前は重要な証人だ」

「判っております」

「しばらく、国を出てはならぬぞ。よいな」

「ははっ」

例のごとく、大仰に畏まって頭を垂れる。肥えた体が文字通り丸くなった。

「では、確かに頂戴いたしました」

金の袋を使用人に持たせ、部屋を出ようとした瞬間であった。

だしぬけに、兵士が飛び込んできた。撥《は》ね飛ばされそうになり、平衡を崩してよろめくコルネリオが、使用人に支えられて手を振り回す。

「何事だっ」

激しい叱責に、兵士が我に返ったように跪《ひざまず》いた。

「ご無礼、お許しを。たったいま、東の狼煙台《のろしだい》よりカルディア帝国兵が進撃中との報が入りました っ」

「なにっ」

さすがにナセルが声を上げた。コルネリオが居ることも、一瞬にして忘れ去った。

「数は」

「兵は三万でございますっ」

「馬鹿な……」

呻《うめ》くような呟きを漏らす。

三万もの兵を動かすには、相応の準備期間が必要だ。帝国に潜ませている斥候《せっこう》が、それなりの情報を事前に持ってくるはずである。

「斥候が潰《つぶ》されたか、それとも」

脳裏には、ダリウスの不敵な表情が浮かぶ。ルード砦《とりで》で見失ったという報は受けていたのだが。

「帝国が背後にいるのか」

ほんの一瞬であったが、呆然《ぼうぜん》としていた。気がつくと、コルネリオはすでにいない。


「逃げ足だけは早いな」

ひとつ悪態をついて、各将の招集を命じる。

一週間も前の、争いの臭いを思い出す。己の嗅覚が正しかったことは立証された。

だが、しかし。

である。

ナセルは、再び言葉にもならぬ悪態を吐くと、自らも執務室を後にした。


時間的には、コルネリオが褒美の金を貰《もら》うために登城する、少し前になる。

アスティアは、何かが太股《ふともも》を這《は》う感触に目が覚めた。生理的な嫌悪感で、咄嗟《とっさ》に打ち払う。

手の甲が這っているものに当たり、派手な音が響く。


「痛てっ」

と、男の声が上がった。上体を起こすと、二人の男が視界に入る。一人が頬を押さえていた。

着衣には統一性がある。すると、兵士だろうか。背後には格子が見える。

地下牢か。

と、結論づけた。目の前の二人は番人であろう。

床についた手が冷たい。石だ。

さらに、足も冷たかった。下着がない。下半身の着衣という意味の下着である。いわゆる、「肌着」としての下着を身に着ける習慣は、ずいぶんと後の時代まで待たなくてはならぬ。

つまり、このときのアスティアは、文字通り半裸であった。見れば、上半身も胸元まで大きく晒《さら》している。

「起きちまったぜ」

「なに、すぐおとなしくなるさ」

好色な笑みを浮かべて、番人は腰の短剣を抜いた。これだけで、普通の罪人は震え上がることを、経験から知っていた。

「痛い目にあうのと、気持ち良くなるのと、好きなほうを選びな。ねえちゃん」

立ち上がったアスティアの鼻先に、刃がゆらゆらと泳いだ。

「俺のはでかいからよぉ。どっちにしろ痛いかもなぁ」

頬を払われた番人の方が、下卑《げび》た笑いを見せる。

「うるせえよ。短小」

不意に、どすの効いた声があった。アスティアが発したものだ。整った容姿との落差が、あまりにも激しい。番人たちは我が耳を疑った。

「ど汚《ぎたね》え舌で、人の太股舐《な》め回しやがって」

言い終えるなり踏み込んだ。番人が思わず、突きつけていた短剣を引く。その手首と肘に、アスティアの手が添えられる。そのまま、手首だけを押しつけた。吸い込まれるように、喉元へ刃が突き立った。

口を大きく開け、眼球が飛びださんばかりに目を見開く。自ら、喉に短剣を刺した状態に困惑の色を隠せない。驚愕《きょうがく》の眼差しが、握りしめる柄《つか》に注がれたのを最後に光を失った。

「貴様っ」

と、叫んだのが、二人目の最後であった。

股間を蹴り上げられたのである。

急所というのは、一撃で死に至らしめることができるから、急所なのだ。むろん、金的も例外ではない。勢いさえあれば、不能を通り越して殺すことも可能である。一般人に欠けているものは、その、勢いだけだ。

彼女は、一般人ではない。まして、いまは理性の箍《たが》が外れていた。

転がった二つの死体に冷ややかな一瞥《いちべつ》をくれて、隅に打ち捨てられていた下着を穿《は》く。

「鍵は持ってないのね」

二人の着衣を検《あらた》めるが、目ぼしい物は何一つ出てこなかった。

「仕方ない」

一息吸い込むと、鼓膜を錐《きり》で穿《うが》つような悲鳴を上げた。地下の鼠《ねずみ》どもが、一斉に巣穴へ逃げ帰ったに違いない。格子を摑《つか》み前後に揺する。鉄の派手な音が、薄暗く湿った空間を抜けてゆく。

ややあって、しかめ面の兵士が一人、走って来た。

「どうした」

と、訊《たず》ねるより先に事態を悟ったようである。何しろ、アスティアは胸元をはだけたまま、男の一人は腰帯を外している。彼女に乱暴をしようとして、二人が順番を争ったという様子に見えなくもない。

「二人が突然、争いだして……」

怯《おび》えた声を出す。目を潤ませ、恐怖でいまにも崩れ落ちそうに装った。誰が見ても、ごく普通の女である。罪人にすら見えぬ。こういった演技も、お手のものであった。

「わかった。わかった。騒ぐな。少し待っていろ」

面倒臭そうな、やる気のない調子で愚痴を漏らしつつ、兵士が再び走り去る。

ちっ。

と、アスティアが舌を打った。すでに、目つきは鋭くなっている。仮面を外したかのような変貌《へんぼう》ぶりであった。

兵士が一人で中に入って来ると予測していたのだ。気絶させて逃げる予定だったのである。ところが、仲間を呼びに行ってしまった。規則に忠実なのではない。おそらく、こういった事件は日常茶飯事なのだろう。

「恐ろしく乱れてるわね」

不貞腐《ふてくさ》れて床に座り込む。別の脱出方法を考えるつもりであった。

ところが。どうした事か、誰もやって来ない。さすがに二つの死体と、これ以上の時間を共有したくはなかった。自分でつくったことは、棚に上げている。

人が来た。足音からして、二人のようだ。

松明《たいまつ》の灯に浮かび上がった人物を見て、思わず声を上げた。

「コルネリオっ」

「しいっ。声を小さくしてください。一応、警戒しておきませんと」

「何をしにきたの」

「貴女を助けに来たんですよ」

見て判らないのか、とでも言いそうな雰囲気である。

「はあ?」

「なにを惚《とぼ》けた声、出しているんですか。……おい、鍵を」

後ろに控えていた使用人から鍵を受け取ると、牢の鍵を開く。

「どうして、ここの鍵を持ってるの」

「この牢の鍵は、うちの職人が作ったものでしてね。ま、もっともこの鍵は、そこの牢番の部屋に置いてあったやつですが」

「奪ったの」

「この体ですよ。そんなこと、できやしません」

と、笑う。普段から張りついた笑みではなく、本心から出たものだった。

「誰もいないんですよ。部屋に」

「どういうこと」

という問いには、黙して答えなかった。鉄扉《てっぴ》を開けると、丸っこい手で湿った廊下を示し、

「どうぞ」とだけ言う。

「貴方のことだから出してもらっても、ただ、じゃないでしょうね。何が狙い」

いまだ警戒心を解いていないアスティアが、左右を確認しつつ外へ出る。

「狙いだなんて、人聞きの悪い」

コルネリオがお得意の大仰さで嘆いてみせたが、冷ややかなアスティアの視線に晒され、すぐに表情を引き締めた。続く言葉は、世渡り上手な商人にも、笑顔で口走るわけにはいかないものであったのだ。

「カルディア帝国が攻めて来たそうです」

この一言で、アスティアには充分であった。

ダリウスたちの仕事が、成功したことを示している。牢の番人がいないのも、備えに駆り出されたのであろう。

「いやあ。皇女さんに、やられました。『お抱え商人にする』なんて仰《おっしゃ》ったときは、正直、何を血迷ったことを、と思ったのですが。まさか、こういう仕掛けだったとは」

どうやら、帝国が本当に侵攻してきていると思っているらしい。フィアナを後援していると勘違いしているのである。

「それならば、黙っておこう」

と、アスティアは即断した。それが得策だ。この商人は、常に天秤の傾く方に肩入れする。この状況では、帝国と王国ガルア領。重いのは、疑いもなく帝国である。

それよりも、フィアナであった。

「やられた」

と、内心で苦笑する。

あの勝ち気な皇女様は、捕まることを前提に、コルネリオと会ったのだ。裏切られた、と言ったとき、

「そう思っていました」

と言い切った、涼しげな表情を思い出す。あれは、予定内の出来事だったのだ。

「私が密告すること、最初からお見通しだったとは。本当に、やられました」

コルネリオの悔しがりかたは、多分に芝居じみていたが、もしかすると半分は本心かも知れぬ。

「で、なんで助けたの」

「私ができるお詫《わ》びと言ったら、こんなことしか……。しかし、どうやら、ここには皇女さんはおられませんな。いかがいたしましょう」

「いいわ」

と、アスティアが手を振った。ダリウスの仕種《しぐさ》と酷似しているのだが、眼前の商人は知る由もない。

「後は、自分でなんとかする」

「私のこと、皇女さんに宜しくお伝え願いませんか」

腰を屈《かが》めて、上目遣いに訴える。その抜け目なさに、アスティアが呆《あき》れた。

「判ったわ。でも、これでツケを返したと思わないで」

「そりゃあもう。お抱え商人になるためでしたら、食事から隠れ家までご用意いたしますよ。何かお入り用でしたら、お声をおかけ下さい。では、これで」

早口にまくしたて、使用人を追い立てると、転がるようにして去った。

「たいした男ね」

見送りつつ、アスティアは感嘆の息を吐きだした。不本意ながら評価を改めざるをえない。

牢の中を一瞥する。

死体が二つ。

コルネリオは、眉一つ動かさなかった。愛想笑いさえ浮かべてみせたのだ。並の神経ではあるまい。

「商魂たくましいと言うか、何と言うか……」

一度、首を振ると、気持ちを切り換える。小走りに、地下牢を後にした。

内と外

カルディア帝国侵攻の報に慌てたのは、エイジェル王国ガルア領だけではない。当の帝国内でも混乱が生じていた。

最初に動いたのは、国境付近でガルア領の狼煙《のろし》を見た、帝国軍の兵士たちである。ただちに警戒態勢がとられ、隣国の異変と動向に注目していた。数刻後、

「騎士団を中心とした軍勢が国境付近に向けて移動しつつある」

と、斥候《せっこう》の情報が飛び込んだ。

陽動か。本命か。あるいは、ただの訓練なのか。

真意が摑《つか》めぬまま、兵に非常招集をかける。少なくとも、国境付近に軍勢が押しかけるのは事実である。攻め込まれて城を奪われでもしたら、皇帝セヴェロスの性格上、間違いなく首が飛ばされた。言葉の綾《あや》ではない。文字通り、首と胴を切り離される。

上司の畏怖《いふ》は、部下にも伝わった。

殺気だった三千余の軍勢が、国境へ向けて行軍を始める。

これが、ガルア領の真東に位置する、帝国の国境軍の動きである。

しかも、帝国軍は、まだ動いた。

北と南の国境軍が、この行軍に連動したのである。これらも、各々三千の軍が国境を目指して進軍を始めた。

さらに九刻（十八時間）の後、帝都カルディアにも狼煙の第一報が届く。

十四日の早朝三刻目（六時）のことである。

狼煙の報であるから、必然的に「エイジェル王国の進撃」という意味合いを持つ。

「ダリウスの奴め、しくじったか」

と、セヴェロスは呟《つぶや》いたと伝えられる。

「惜しい男を」

とは言わなかったようだ。どうも、ダリウスという男は、死に顔が最も想像し難い人間であるらしい。

三日後の十七日。最初の伝馬が到着した。伝令の報は、

「国境地帯で、両軍の睨《にら》み合いになっている」

ということである。実は、この時点で、ガルア領内での大勢は決していた。どうしても、伝馬では時間差が出てしまう。それを考慮して、いかに的確な命を下せるか。後世、名将か凡将かの評価が分かれるのは、この部分でもある。

セヴェロスの選択が、名将の判断であったかどうかは、ここでは問うまい。一言、

「進撃せよ」

と、命じた。正確には、国境周辺の地域を治める諸将に、進撃を命じたのである。この命は狼煙である。正式な命令書は、後から伝馬で届けられた。

その日の内に、各三千の先陣に、六千の中陣と三千の後陣が追加された。つまり、一万二千の軍勢が東と南北の三方からガルア領を目指して動き始めたのである。


ナセルは混乱を極めた。

手勢を率いて、城を出たまでは良かったのだ。東側からだけの侵攻であれば、途中、砦《とりで》の兵とあわせて叩く事ができる。また、それだけの防衛戦が、ガルアには確立していた。

ところが、城を発って二刻（四時間）後に、南北からも同様の報が届いたのだ。

もっとも、こちらの狼煙は三万ではなく三千であった。

「気休めにもならんな」

不機嫌さを隠しもせずに吐き捨てる。

選択肢は二つあった。西の砦に遊撃隊として幾らかを割き、残りはガルア城に籠《こ》もる。前線の兵士たちも退却して、ガルア城に入るという策だ。ただし、相手が長期戦を挑んできた場合には、兵力差で不利になる。

第二案。全兵力で東側の三万を叩き、ガルアの城砦《じょうさい》都市にとって返すという策。この場合、叩き潰《つぶ》し損なうと終わりである。

抵抗することなく、ガルア領から撤退するという考えも、戦術上は許される。が、しかし、彼の選択肢はあくまでも二つであり、その他は考慮の余地もなく却下される。

本国には、すでに援軍の要請が出ている。

「一週間だ」

と、断言する。ほとんど、決意表明と同様の響きであった。

彼の頭には、七日間持ちこたえた後に、援軍の力を借りて戦局を逆転させる図が展開されている。

ただし、援軍を待つあいだ籠城《ろうじょう》はしない。

「駄目だ」

と、ナセルは籠城案を厳しく否定している。

ここで、王国は示威《しい》行動をすべきだと考えていた。攻勢に出て、帝国軍に自軍の士気を覚えさせねばならぬ。三万もの兵を撃退すれば、帝国もおとなしくなるであろう。後々の行動も慎重になるはずだ。その間に、ガルア領で軍備を整えればよい。

なるほど、正論に聞こえなくもない。

ナセルの手勢は、当初の予定通りに東進を続けることとなった。

ところが。この次の情報が、この男をさらなる混乱に導いた。

「三万は誤報で、三千が本当」

であり、しかも、

「三万の報は、ダリウスらが仕掛けたもの」

だと言うではないか。さらに、と伝令が言うに及んで、

「まだあるのかっ」

と、ナセルにしては珍しく叫んだ。

「はっ。叔子殿《しゅくし》（三男の意）が、ダリウスに連れ去られたそうです」

絶句した。

ややあって、犬の唸《うな》り声のごとき呻《うめ》きを、食いしばった歯の隙間《すきま》から発する。

「おのれ……」

怒気で顔が赤黒い。控えていた部下は、初めて主《あるじ》が逆上する姿を見た。怒ることがあっても、決して理性は失わない男であったのだ。

「ご安心を。叔子殿の捜索は全力をあげて……」

「そんなことは、どうでもいいっ」

慰めの言葉をかける部下に吠えかかる。怒りは、まったく別のところにあった。自軍の動きが、帝国軍の行動を誘発したということに気づいたのである。同時に、己の気質が「政治家」であることにも。

国の威信を慮《おもんぱか》ってしまった。

むろん、武官であっても同様だ。内容が違うだけである。武官は、最終的に勝利を摑めばよい。常勝するに越したことはないが、不可能であることは歴史が証明している。

「勝者はすべてを摑む」

これが武官の行動理念だ。勝者とは、「最後に勝つ者」なのだ。

ナセルは選択を誤った。

「政《まつりごと》を治める専門家」

であったがために、国の体裁というものが先走ってしまった。

この状況下では、

「籠城して、援軍を待つ」

が、正しい選択肢だったのである。ただし、ナセルが指揮官であるという条件において、の話であるが。

当時、

「傭兵《ようへい》将軍」

として名高い、ムラートという男がいた。傭兵軍団を率いて各地を転戦していた、異色の将軍である。この男の生涯成績が九割九分であった。

「神人のごとし」

と、評された戦の達人である。こういった者であれば、出撃しても差し支えがなかったはずだ。

「ガルア城が、ダリウスという男に占拠された」

という報を聞いても、ナセルのように卒倒するはずがなかったのである。

正確に言えば、ダリウスがガルア城を占拠したわけではなかった。

地下牢を出たアスティアは、捕らわれの皇女様を救い出し、二人でナセル夫人を人質にとったのである。

簡潔に書いてしまったが、実際も、たいして変わりない。

手間取ったのは、アスティアがフィアナの監禁されている場所を探すことだけか。部屋の扉には四人の兵士がいたものの、呆気《あっけ》なく倒されている。感心しているフィアナに、

「暗殺者が不意打ちもできなかったら、通り魔になるしかないわ」

と、自嘲《じちょう》気味に答えた。

「それより。騙《だま》したわね」

腰に手を当てて形だけの怒りを見せる。

「ごめんなさい」

と、フィアナは素直に謝罪した。

いっそのこと捕まってしまい、城の中から攪乱《かくらん》したほうが、ダリウスたちの手助けになると思ったらしい。城に忍び込む手間も省けるうえに、人質をとれる可能性も高くなる。できることなら、ナセルを人質にとるつもりであった。

「けれども、自ら宿に出向くとは思いませんでした」

斬り掛かったのは、ここで人質にすれば、最終的には同じだと判断したからである。

「一人で来たのは、私たちが女だから油断していると思ってたのですが」

「違ったわね。とんだ食わせ者よ。あの男も」

アスティアは苦々しく言うと、脱出を促した。

あとは、フィアナが城の構造を理解している。夫人がいると思われる部屋を探す作業も、さして困難な仕事ではない。なにしろ、元々の住人である。新しい入居者も知らないであろう、隠し通路すら利用したのだ。

夫人を人質に取れば、お決まりの台詞である。

「得物を捨てて城外に出ろ。抵抗すれば、女の命はないぞ」

殺す気などは一片もないが、威力は抜群だ。

夫人は若く、小柄であった。ちなみに後妻である。ナセルの三人の子は、先妻の忘れ形見であった。この後妻と結婚する前に、フィアナとの縁談が持ち上がったのだ。

アスティアの腕の中で短剣を突きつけられ失神寸前の夫人を見ては、騎士や兵士たちも従うほかない。

「それがどうした」

などとは、間違っても口にできなかった。もし夫人が、死なないまでも何らかの怪我を負えば、責任を一身に背負うことになる。明日の地位も危うい。下手をすれば命すら、だ。わざわざ、危ない橋を渡る必要はない。皆で揃って従えば、皆で揃って安泰なのである。

そういった保身で、ガルアの城砦都市からは騎士と兵士が一掃された。せいぜい、外で市壁を見上げて罵声《ばせい》を投げつける程度である。

おおよそ八万人ほどの民を収容した都市は、跳ね橋も上げて、完全な籠城状態に入った。

ちょうど、その時である。

ダリウスらが帰還したのは。

船で河を下り、ルードの町で預けておいた馬を拾うと、さらに下って来たのである。

追い出された騎士たちの間を悠然と通り抜けて城内に入った。夫人を人質にとった二人を見るなり、

「悪党だな」

と、手を打って喜んだという。

「ダリウスだって、人質を連れているじゃないの」

憤慨するアスティアに、

「誤解だ」

と、この武人はいかにも心外だという表情を見せた。

「こいつは、俺の馬が見たいというから、連れてきたんだ」

ナセルの三男を傍《かたわ》らに据えて、くそ真面目に説明する。

「ああ」

と、アスティアの躰《からだ》から緊張が溶け落ちる。孤軍奮闘のためか、我知らず、心に空虚を抱えていたらしい、それが、この世でもっとも信じている男を目の前にして、溢《あふ》れるほどに満たされていた。

「これが、ダリウスなんだ」

という、感動に似た納得をした。

ダリウスは、ここで止まらない。常に動く。

「さて。馬も見たことだし、他に何か見たいものはあるか」

青年に訊《たず》ねた。

「いいえ。それよりも、義母《はは》上だけでも解放していただきたい」

強張った笑顔で言う青年に、ダリウスはあっさりと頷《うなず》く。

「よし。連れていけ。また、後で会おう」

まるで、明日の約束をしている友人のごとき物言いである。

「キルス、橋を下ろしてやれ。ラザーク。馬を一頭、用意しろ」

フィアナが抗議の声を上げた。

「何か問題があるのか」

ダリウスの不思議そうな反問に、皇女は唖然《あぜん》としている。どうやら、二人を人質にして脅迫しようなどという考えは、微塵《みじん》も持ち合わせていないらしい。

「凄《すご》い人ですね。貴方は」

小首を傾げ、武人を見上げる姿は、いままでのフィアナではなかった。微妙な変化である。敏感なダリウスですら、曖昧《あいまい》な笑みでしか答えられない。

「褒め言葉か」

「はい」

「ふうむ」

まだ、いまひとつ納得がいかない。首をひねっている。

「ダリウス様。客人が」

青年と婦人を外に送ったキルスが、でっぷりと肥えた男を連れて戻ってきた。腰を屈《かが》め、揉み手をしている。満面に愛想笑いを貼りつけているが、瞳は油断なく、ダリウスの巨軀《きょく》を観察していた。

「さきほどは、どうも」

アスティアに挨拶すると、ダリウスとフィアナに向き直る。

「コルネリオでございます。なにか、お手伝いできることはございましょうか」

「お前が、例の商人か」

ダリウスが、目を輝かせた。アスティアの話しを思い出している。不躾《ぶしつけ》にも、じろじろと眺めた。

「重くないか」

と、訊ねた。体が、重く感じないかと言っているのだ。

ダリウスの子供じみた、中傷ともとれる問いにも、商人は笑みを崩さない。

「そりゃあ、この体でございますから。軽いことはございませぬな」

と、平然としたものだ。逆に質問する余裕まである。

「しかし、旦那のようなお人は初めてです。いったい、どんなものを召し上がったら、そのような体格になるんですか」

「虎だよ」

ダリウスが、にんまりと笑いつつ言ってのける。

「はあ」

後に豪商となる男は、その才能を疑いたくなるような間の抜けた声を出した。冗談であることは理解できる。ただ、この男ならやりかねない。そういった雰囲気を、ダリウスは漂わせているのだ。

そこに、コルネリオは参ってしまった。

「これはまた、とんでもない人だな」

と、しきりに感心する。痺れた、と言うべきか。

「手伝いに来るとは、殊勝な心掛けだな」

仕事をやろう。

ダリウスは言うと、さっさと城へ入っていく。今後を話し合うつもりであった。

手の施しようがない。

市壁の東側にナセルの率いる騎馬隊が千。馬廻りとして一騎に三人の騎士見習いの兵がついている。合計、四千の兵が集結していた。

が、それだけなのだ。

集結しているだけなのである。

城攻めというのは戦いにおいて最も頭を悩ます部類であろう。しかも、現在ガルアの壁を睨《にら》む王国兵は、攻城兵器すら持っていない。跳ね橋を上げられているので、堀を渡る手段すら見つからないのである。

船を利用した渡河《とか》は可能だ。ただし、数と大きさが圧倒的に足りない。多く見積もっても、一度に二百人が限度である。王国にも水軍は存在するのだが、あくまで「海軍」であった。河川での戦いに使用する船は、数も少ない。だいいち、ここまで運ぶのには何日かかることか。

「日が落ちてから、壁を乗り越えて侵入するのが常套《じょうとう》手段ですな」

話し合いは、たいてい、キルスの常識的な言葉から開始される。

城の一室。円卓において、王国軍の挙動を推測していた。隣に座るダリウスが、「そうだろうな」と頷《うなず》く。

「どのみち、狙いは門さ」

穏やかな口調であった。城外にひしめく四千の兵も、この男を恐慌に陥《おとしい》れる要因にはなりえない。

攻城兵器がなく、内通者もいないのだから、城に入る手段は一つだった。キルスの言ったように、夜陰《やいん》に紛れて壁を越え侵入することである。とはいえ、千や二千の兵が動けば、闇を利用する意味がない。堀を渡るには、一度に二百人前後という限界もある。

そういったわけで、侵入者は少数精鋭が選出されるであろう。

その部隊が門の一つを占拠し、開放する。待ち構えていた兵士が雪崩《なだ》れ込み、有無を言わせずに制圧するのだ。

「ナセルが、いらぬ小細工などするはずもありませんから」

正攻法ですよね、とキルスも頷いている。ラザークなど、考えることすら無意味だと言いたげに、無精髭をさすっている。

「門は四つだったな。ならば、簡単だ」

東門はダリウス、西にキルス、南がラザーク。

「北門は、アスティアとフィアナが守れ。伝令には、コルネリオの使用人を使う」

ダリウスが、一片の迷いもなく指示を下す。

「防ぐのにも限界があります。もし、破られるようなことがあったら……」

フィアナの意見に、ダリウスはゆっくりと首をふる。

「もし、なんてものはない」

淡々と言う。

「後がないと思え」

その言葉に、フィアナは息を詰めていた。

馬上試合の前日を思い出す。ダリウスが、フィアナに喧嘩の作法なるものを教えた。

「王様同士の喧嘩、つまり戦だな。あれなんか、本当の喧嘩とは違う。自分は傷つかないからだ。本当の喧嘩というのは、自分の存在を賭ける。自分の存在は、この世の存在、天と地の存在だ。死んだら、そこで終わりだ。天界や冥界《めいかい》があると言うけれども、そんなことは後でも判る。まずは、今、ここなんだ。死にたくないのなら喧嘩はするな。暴れるからには責任を持て。他人に迷惑を掛けることを自覚しろ。後悔するのなら喧嘩はするな。存在を賭けるというのは、そういうことだ」

その姿は、真摯《しんし》そのものであった。

「それが、本当の喧嘩なんだ」

ダリウスの双眸《そうぼう》に、二つの光を見た。死を見つづけ、戦場においては己の死も覚悟する、冷厳な光。生き抜くということに対する、猛々《たけだけ》しい欲求の光。二つの光がせめぎあっている。

この男には、

「人間、いつかは死ぬさ」

といった、虚無的な思考は存在していない。

「生きるところまで生きて死ぬ」

最後の一歩、限界まで突進しなければ納得しない性格なのである。

であるから、「もしも」はない。いまできる事に最大限の努力を費やし、終えた瞬間が、極端に言えば生か死なのである。生きていれば、次の事柄に対して再び最大限の努力をするまでだ。

「そうだった」

と、フィアナは安堵する。危ういところであった。またしても、忘れるところだったのだ。

「私は、ここに、喧嘩をしに来た」

ということを。

フィアナの顔つきが、引き締まった。

「険が消えた」

と、アスティアは敏感に気づいている。初めて往来で出会った頃の刺々《とげとげ》しさがない。その瞳は、吸い込まれそうなほどの深みがあった。嫉妬《しっと》してしまうほどの、「恰好《かっこう》いい女」がそこに居た。

が、鈍感な男たちは気づいていない。話し合いを続けている。

「……しかし、籠城《ろうじょう》しても長期戦はできませんよ」

キルスの意見に、ダリウスが不思議そうな顔をしているところだった。

「誰が籠城すると言った」

「ああ」

と、細目の優男《やさおとこ》は頷く。納得したわけではない。だから微苦笑《びくしょう》である。

援軍の見込みなしに籠城するのは、いちばん愚かな戦術である。百戦錬磨のダリウスが、戦の初歩を忘れるはずがありえぬ。だいいち、これほど攻撃的な男が、おとなしく城に籠《こ》もるはずがない。

頷きは、

「やっぱり」

という、確認を表しているのだ。

とはいえ、まずは城の中で様子を見るほかない。

「負け戦にも、勝機はある」

ただ、小さいだけだ。というのが、ダリウスの持論である。

五対四千。

この特異な状態を戦と呼べるのならば、負け戦と述べても差し支えない。圧倒的な物量差は天地ほどの隔《へだ》たりがある。これを跳ね返すには、ダリウスの言う小さな勝機を辛抱強く窺《うかが》わなくてはならぬ。しかも、一撃で仕留めることが望ましい。そのための籠城であった。

そして、そのために、まずは門衛をする必要がある。

五人は、それぞれの持ち場へと散った。

「祭りでもするか」

不意の戦に静まり返ったガルアの町並みを眺めつつ、ダリウスが洩《も》らす。前後に何の脈絡もない。おそらく、静かなのは気味が悪いから騒ごう、という単純な思考であったはずだ。

「祭りでございますか」

傍《かたわ》らにいたコルネリオが、眉をひそめる。

「そうだ。派手にいこう。酒と食い物は、城の食料庫にため込んであるやつを使え」

東の門の見張り台に向かいつつ、大声で言う。

「酒宴なら、こちらが用意いたしますが」

どうも、祭りという意味が理解できなかったらしい。ダリウスの歩幅に合わせるため、小走りで背中を追っている。

「酒宴じゃない。祭りだ。静かなのは性に合わん」

「はあ。わかりました」

「おい。待て」

立ち去る商人を呼び止め、

「売るんじゃないぞ。ただで配れよ」

と、釘を刺す。

「かなわんな。あの旦那には」

コルネリオは観念したように首を振り、用意に走った。

民衆は、常に国家に対して不満を抱く。

一日十金の稼ぎだった者が、百金を稼ぐ身分になっても、次は千金、一万金と欲求は増し続ける。国家は、その欲望に追いつけず、結果として国民に不満の種を蒔《ま》く。逆に、国家が先走り国民に富の分配を行わない場合もある。

いずれにせよ、人の所業だ。遥か昔から、二者の関係は変わらない。さまざまな哲学者が、それぞれの理想国家を論じた。影響を受けた為政者《いせいしゃ》が、体現せしめようと政《まつりごと》を行ったこともある。だが、完全に成功したとは言いがたい。外からは理想的に見えても、内には必ず不満が潜んでいた。

多分に厭世的《えんせいてき》ではあるが、

「人は度し難い」

としか言いようがない。

同時に、愚かしいほど世の中を楽観視する。単純な解決法で、一時の平安を得ることができるのだ。そのため、日々、不満が蓄積されていても爆発しない。自己保存の能力が自然と発揮されているとしか思えぬ。

その最たるものが、祭りだろう。

ほとんどが、宗教儀式の発展したものとはいえ、見事に不満解消の役目を負っている。考えてみれば、宗教とは人の不安を取り除くことを出発点としているのだから、当たり前のことなのかも知れない。

ともかく。戦の不安に包まれたガルアで、祭りが催された。

「こんな時に馬鹿騒ぎができるか」

という声もあったが、王城の食料庫が開放されると聞いておとなしくなった。人々が城に殺到する。夕暮れに静まりかけた町並みが、真昼のように活気づいた。コルネリオと使用人たちが、お祭り気分を煽《あお》る。配られた松明《たいまつ》が、影を減らす。店が開かれ、料理が無料で振る舞われる。楽器を持ち出して演奏を始める者が現れると、広場は即席の舞踏会場に変じた。

喧騒《けんそう》は外にも響いた。

「祭りをしています」

と、中の様子を偵察してきた兵の報告に、ナセルは声も出ない。虚《むな》しく、口が開閉する。

ガルアの東側に幕営《ばくえい》をつくり、兵を待機させていた。軍議用の幕に武将を集め、対策を練っている。

「これを利用しましょう。東の門を押さえれば、直接、城に入れます」

武将の一人が進言した。たしかに、この馬鹿騒ぎならば侵入はたやすいだろう。

「わかった。やってみろ。兵を百、連れていけ」

はっ。という小気味よい返答を残して、武将が幕の外に出る。

「しかし、敵も予想しているのでは」

「それはそうだろう」

ナセルは、意見を発した将に頷いて見せた。

「それでも、ここは動くべきだ」

なによりも、士気の低下が恐ろしかった。内側では酒と食べ物が溢《あふ》れている、一方、外では野営だ。日毎、暑さが増してゆく季節であったから、食べ物も乾物《ひもの》の簡素なものが多い。酒もない。落差が激しすぎる。

「この怒りが、怒りのうちに」

というのが、ナセルの考えであった。感情が持続しているあいだに、なるべく動いておくべきだと判断したのである。

さもなくば、怒りが不満にすりかわる。

自軍が、禁欲的な集団とは思っていない。むしろ、脆《もろ》い。名誉も忠誠も保身の上になりたっている連中だと感じている。

「もって、三日か」

呟《つぶや》きをもらす。三日以内に城をおとし、国境付近に陣取っている帝国軍を待ち受けねばならない。さらに四、五日待てば、援軍の第一陣が到着するだろう。

「まだ、充分に勝てる」

握りしめた拳が、己の握力に白くなっていた。

城砦《じょうさい》都市ガルアの内部構造で、東側に王城があることは既に述べた。町と城の間にある堀には、跳ね橋が下ろされている。

そこが、ちょっとした興奮状態にあった。

フィアナが正装して姿を現したのだ。ダリウスが、

「姫様が生きていることぐらい、教えてやれ」

と、北門にいる彼女を呼んだのである。

すでに祭りの高揚状態にあった。火に油を注いだようなものだ。フィアナの名前が大声で連呼され、建国の歌が大合唱される。

二百年近い歴史が持つ、一種の共有感覚があった。国民というよりも、ここに生まれて育っ

たという感情である。その代表者であった王の娘が、あの戦を生き延びていたのだ。

コルネリオを含む数人しか、彼女の身元を証明できないのだが、人々にとっては些細《ささい》なことであった。フィアナが信用に値する気品と美しさの持ち主であれば、納得できたのである。祭りの効用だ。

「なんてお人だ」

と、コルネリオが度肝を抜かれた。瞬《また》く間に、フィアナを皇女と認めさせてしまった、ダリウスの手際の良さにだ。

計算ずくで動いたのならば、まさに神算と言えよう。

実際、コルネリオはそう考えた。彼の思考では、そうでも思わない限り、ダリウスの行動を説明できなかった。

「上がってもよろしいですか」

東門の見張り台にいるダリウスに、下から声が掛かった。見下ろすと、元の服装に着替えたフィアナが立っている。

「ああ」

という頷きを見て、フィアナは梯子《はしご》を昇る。軽やかな足音が上がってきた。

昇りきると、ゆるやかな夜風に髪が波うつ。頬が少し紅潮していた。

「熱気に当てられました」

視線を感じたのか、頰に手を当てて言う。微笑みに、一か月前の子供臭さがない。艶《あで》やかな女の笑みであった。

半ば無意識に、ダリウスが動いた。

手を伸ばし、フィアナの腰に腕をまわすと抱き寄せる。倒れ込むようにして、フィアナはダリウスの胸元に落ちついた。

突然のことにフィアナは俯《うつむ》いたままである。ダリウスは何も言わない。その巨軀《きょく》に夜風を受け止めて、ただただ立っている。

ややあって、フィアナは顔を上げた。頰の紅潮は、外の熱気ではなく内側からの熱だ。見下ろすダリウスの瞳は、どこか哀しげで寂しさが漂っている。

「ダリウス様。わたしは」

「言うな」

フィアナの小さな唇を指で押さえる。

「それ以上は、言うな」

言えば、お終《しま》いだった。「貴方のことを」と言われれば、ダリウスはアスティアを持ち出さなくてはならぬ。

ダリウスという男は、元が付くとはいえ、当時の貴族階級にしては珍しく一人の女しか愛せない。妓楼《ぎろう》の女を相手にする以外は、他の女と関係を持つことを極端に嫌った。

普通の女に対してできることは、ただ、抱きしめることだけであった。

「寒いか」

静かに訊《たず》ねる。

「はい」

フィアナが俯いて、かすれる声で答えた。肩が小刻みに震えていた。

「とても、寒いです」

泣いていた。

ダリウスが屈《かが》む。華奢《きゃしゃ》な顎に手を当てて、フィアナの顔を上に向ける。

唇が、触れた。

頬と唇に。

そして、また、抱いた。背中に回ったフィアナの腕は思いがけず強いものだった。まるで、流されまいと、すがりついているようであった。

北門は、いちばん敵の襲撃を受けにくいと思われる場所である。だからこそ、アスティアとフィアナという、五人の内では最も非力な二人を置いているのだ。

「どうだった」

見張り台へ戻ったフィアナに、アスティアが話しかけた。

フィアナは淋しげに、ちらと笑っただけである。乾肉《ほしにく》と葡萄酒《ぶどうしゅ》の差し入れを手渡すと、それきり、視線を外した。俯き、何か言葉を探している様子である。

アスティアは鋭い。すぐに察した。

この狭い見張り台の上に居るのは、いわば、勝者と敗者なのである。なんて無神経なんだろう、とアスティアは思わない。ダリウスが、そういった思慮に欠けた人間ではないと知っている。

「私に慰めろってことかしら」

アスティアは困惑した。いったい、どうしろというのか。同情も何もかも、アスティア自身の高慢を示す結果にしかならないだろう。

「まったく男というのは」

淡い怒りが腹の底にわだかまる。

どうして、こう、難問ばかり女に押しつけるのだろう。

お互い、気まずい沈黙を重ねる。

「初めてダリウスと会ったのは、ルクソールっていう所だったの」

アスティアが、独り言のように静かな声で言ったのは、ずいぶん風の音を聞いてからであった。

「もちろん、そこは戦場でね」

あまりの必然性に、思わず笑みをこぼす。

「私ね、あの人を殺すために雇われたのよ」

フィアナが顔を上げた。驚きに目を見開いている、アスティアは漠然と闇に埋もれた遠景を眺め、視線を合わせない。

暗殺者であることは、フィアナも知っていた。旅の間、しばしば話題にのぼったからだ。しかし、ダリウスを狙っていたとは聞いていない。

「あの人、左の掌《て》に傷があるのよ。私がつけた傷」

その傷も、結局、アスティアを抱擁したいがために負ったものだった。それでなければ、掠《かす》り傷すら与えられなかったに違いない。そもそも、キルスやラザークにも歯が立たないのだ。彼らが普段のんびりとしているのは、戦場ほど気を張り詰める必要がないというだけである。

「殺しに来いって言ったのよ。いつでも殺しに来いって。いつでも相手になってやるから」

退屈しないでいい。

とまで言ったのだ。

「それくらいの波乱がなくて、何が人生だ」

そう言いたかったのかもしれない。

しかも、惚《ほ》れた女に命を狙われる。

「これほど、おつな話があるか」

喜色満面で話してましたよ、と後にキルスから聞いて唖然《あぜん》とした覚えがある。

「私にも暗殺者の誇りがあるからね。戦が終わって、しばらくしてから、ダリウスを襲ったのよ」

寝首をかこうと寝所に忍び込んだのだ。結果的には捕まって、そのまま一夜を過ごすことになってしまった。

フィアナには、むろん、そこまで話しはしない。ただ、勘のいい娘であるから、あるいは気がついたかも知れぬ。

「翌日にね、側妾《そばめ》になれって言うの」

世子《せいし》であるという立場上、正室として迎えるのは不可能であった。ただ、側妾ならば問題はない。生まれ育ちなどは些細なことである。方々から文句が出たものの、権力で黙認させた。キルスが言うには、ダリウスが権力者としての権力を行使したのは、これが最初で最後なのだそうである。

「正式に側妾として認められた日に、あの人、なんて言ったと思う」

初めて、フィアナの方を向いて訊ねた。答えられずに首を傾げるフィアナを見て、アスティアが微笑んだ。目元に一抹《いちまつ》の寂寥《せきりょう》があった。

「これで、心置きなく命が狙えるな。だって」

「アスティアさん」

思わず、声を出した。アスティアの瞳に、わずかに光るものが見えたのだ。

「時々、不安になるわ。自分が、あの人の中で、一番じゃないのは判っているの。ただ、いったい何番なんだろうって」

言いつつ、いけない、という気持ちが動く。慰めるつもりが、これではただの愁嘆場《しゅうたんば》ではないか。内心、叱咤《しった》するのだが、開いた涙腺はなかなか閉じてくれない。

「泣かないで下さい。大丈夫です。アスティアさんは一番ですよ。きっと」

「ごめん。逆に慰められるなんて」

「あんまり泣くと、お腹の子まで泣きますよ」

何気なく口にした言葉に、アスティアが、しゃくり上げるようにして泣き止んだ。

「知ってたの」

「子供だけど、女です」

にっこりと、アスティアに微笑んで見せる。

「顔色を化粧でごまかしたり、夜中に気分が悪くなってたりしたみたいですけど。もう、無理はしないで。赤ちゃんにも良くないと思います」

「もう少しぐらい、大丈夫よ」

涙を拭《ぬぐ》うと背筋を伸ばす。

「あの人の子だもの」

かなわないな。

アスティアの精一杯の微笑みを見て、フィアナは完全な敗北を感じた。相手を一途《いちず》に想うのは若い者の特権だと考えていたが、どうやら違うようだ。憧憬と愛情は似て非なるもの。想い続けるには、知恵もいるし体力もいる。様々な人間の善し悪しをつぶさに見て、理解しなくてはならない。妥協ではない。理解である。その上で、部分や考えに想いを寄せるのではなく、総体としての人に好意を寄せなくてはならないのだ。

熱病のような愛情は偽物である。

ダリウスとアスティアは、そんな麻疹《はしか》の関係ではない。フィアナは、そう悟った。

「あと少し。頑張ろう」

「はい」

喧騒《けんそう》を背に受けて、外に視線を戻す。

夜は、さらに更けていく。


ダリウスの愛馬。あの、赤毛の巨馬は、城の中庭を放し飼いの状態にしていた。馬銜《はみ》は外していたが、緊急の場合に備えて鞍《くら》だけは乗せたままである。

この馬の恐ろしいところは、すこぶる知能が高かったことだ。人の顔はすぐに覚える。毒の盛られた餌は絶対に口にしない。敵と味方の区別すらできたのだ。さらに、猛獣のごとき巨体と獰猛《どうもう》さである。獅子や虎と対峙《たいじ》しても怯《ひる》むことはないだろう。

「冥府《めいふ》の使者」

とまで恐れられたダリウスに、ふさわしい馬であった。

体力も底無しである。深夜にもかかわらず、中庭に無造作に置かれた飼葉《かいば》を食《は》んでいた。コルネリオの使用人が、時折、見回りに来る。みな一様に、筋肉の張り詰めた見事な馬体を遠巻きに眺め、感嘆の声をあげた。

「名前はなんですか」

訊ねる者もいたが、ダリウスは首を振るだけだ。

「知らん」

と、言うのである。

馬商人の連れてきた群れに、この馬を見つけたとき、ダリウスは狂喜した。彼の巨軀《きょく》では、ひと戦で馬を三頭も乗り潰《つぶ》してしまうのだ。

ところが商人は、

「これは商品ではないので」

と、譲ろうとはしない。なんでも、買った客が、みな死んでいると言う。

当時、馬を必要とするのは基本的に武人であった。おそらく、命を落としたのは戦場であろう。この馬体を持て余し、御することができなかったらしい。ダリウスは、必死に食い下がった。どうしても、この馬の背に乗って戦場を駆けてみたかったのだ。

「負けました。ただでお譲りいたします。ただし、命の保証はいたしませんよ」

「それで死ぬなら、そのていどの器なのさ」

と、うそぶいてみせる。早速、名前を付けた。『覚書』には二、三、その名前が上がってい
る。が、その名を呼んでも来ない。呼びかけを無視して、飼葉を黙々と食んでいるのだ。この
賢い馬が、己の名を忘れるとは思えぬ。

そこで、思い当たった。

「お前、もう名前があるんだな」

真面目な顔で訊ねるダリウスを見て、キルスは気でも違ったのかと仰天した。

「そうだよな。違う名前で呼ばれたら機嫌も悪くなるなあ」

得心すると、以来、「おい」や「お前」とだけしか呼ぶことがなかった。

「そのうち、教えてくれるさ」

というわけだ。呆《あき》れたキルスが、

「馬が人語を話せるとは思いませんが」

と、くそ真面目な意見をする。

「ううむ。そのうち、判るとは思うんだがな」

ダリウスは腕組みをして首を傾げていた。心底、そう考えていたようだ。

そんな調子で日を重ねている。

不意に、中庭の巨馬は首を巡らせた。夜風に乗って漂ってきた人の臭いに反応したのだ。松明の光が届かぬ闇の一角、城壁の南側を凝視する。鼻が蠢《うごめ》き、耳が何者かを追っていく。

明らかに、人の気配があった。動きがぎこちない。隠密行動に慣れていない者のようだ。

突如、馬は疾走を始めた。猛然と闇に向けて突き進む。赤毛に炎の光が揺らめき、巨大な火矢を連想させる。

「わあっ」

と、驚愕《きょうがく》の叫びが幾つも起きた。

侵入してきたナセルの部下たちである。縄を下ろし、最初の五、六人が下りたところであった。闇を渡って城門に進もうとした途端に、この騒ぎである。

突進を真正面から受けて壁に叩きつけられ、ある者は後ろ足で腹を破られ、別の者は前足で肋骨《ろっこつ》を粉砕される。鞍に飛び乗って静めようとした者も、馬銜のないことに気づいて撥《は》ね飛ばされた。嚙みつかれた肩が折れ、逃げようとした者は先回りされ馬蹄《ばてい》に顔面が潰される。

馬一頭に、武装した兵士十数人が蹂躙《じゅうりん》された。

悪鬼《あっき》のごとき凶暴さである。

「落ちつけ。囲んで仕留めろ」

指揮していた武将が縄から下りると、帯剣を解いて命令する。

「何を仕留めるつもりだ」

背後から、低い声があった。振り返った将が、刹那《せつな》、凍った。と、見えた瞬間には血を吹き上げ、右の半身が左の半身に別れを告げる。

「馬泥棒は死罪だ」

削《けず》り出しの大剣を片手で一振りし、血の雫《しずく》を飛ばす。豪剣一閃《いっせん》。一撃のもとに敵将を屠《ほふ》ってしまった。

こういった荒芸《あらげい》ができるのは、ダリウスだけだ。騒ぎを目撃した、コルネリオの使用人に連絡を受けて駆けつけたのである。東門には、その使用人を置いてきていた。

「俺とこいつは一身だ。殺すつもりならば、俺の相手もしてもらうぞ」

言いえぬうちに、飛びかかってきた兵が、上下二分にされた。さらに、横一閃させると、三つの首が跳ね上がる。たじろいだ瞬間に、ダリウスは鞍に飛び乗った。

「馬鹿が。それには馬銜が……」

嘲《あざけ》りの声を上げた兵士が、そのままの表情で首を零《こぼ》した。

「馬銜や手綱がいるのはな、鍛え方が足りぬ証拠だ」

ひ腹を軽く蹴ると、巨馬が信じがたい速度で縦横に動いた。しかも、精妙である。常に有利な位置に鞍の主を導いた。剣の間合いを知っているとしか思えぬ動きである。

瞬《また》く間に、地上に降り立っていた三十名近い兵士が魂を献上してしまった。後は、下りてくる途中の者ばかりだ。縄は五本ほど垂れていたが、このまま下りては各個撃破の餌食である。

「退けっ」

誰ともなく言った台詞に、兵士たちが我先に縄を登りはじめた。

「ナセルに伝えろ。近いうちに会いに行くとな」

逃げていく兵の尻に大音声で追い打ちをかける。

「しかし、陽動もせずに単独攻撃をさせるとは、随分となめられたものだな」

鞍を下りると、首筋を軽く叩きつつ話しかける。愛馬は鼻息を一つ出して、首を振る。

「まったくだ」

と、憤慨しているようにも見えた。

「じゃあな。後は頼むぞ」

そんな一瞥《いちべつ》をくれて、飼葉のある中庭にゆっくりと戻り始める。

「あんまり食い過ぎるなよ。反撃のときに動けないなんて、笑い話にもならんぞ」

後ろ姿に、冗談めかして声を掛けると立ち止まった。ダリウスを振り返り、上唇を引きつらせ、歯を剝《む》き出しにして嘶《いなな》く。片方の前足で土を軽く蹴っていた。

「誰にものを言っているんだ」

という声が、今度こそはっきりと、ダリウスに聞こえた。

反撃の朝へ

城を囲んでの二日目は、散発的な攻撃に終始した。

堀という、単に溝を掘って水を満たした守城法が、かくも堅牢であるとは誰が想像しえたであろう。少なくとも、ナセル以下、四千の王国ガルア兵には思いもよらぬ事態であった。

城砦《じょうさい》都市のガルアは、その面積に不適当と思われる門の数である。四方に各一。それを、五人で守るのだ。一度に六か所以上を襲えば必ず打ち漏らしが出るはずであった。いかに、ダリウスが歴戦の猛者《もさ》とはいえ怪物ではない。

「人間のはずだ」

はずだ、と言うところに、ナセルの怯《おび》えが見え隠れしているものの、この考えは間違いではない。

現に、ダリウスが恐れていたのは、複数箇所の同時攻撃である。

であるから、その対策には万全を期していた。

特別なことをしたわけではない。監視と伝達を徹底しただけである。一見して地味な作業こそ、最も目ざましい効果が見込める。

コルネリオの使用人は、計五十名ほどである。伝令に十人を割き、残りの四十人を交代制の巡回に充てた。巡回の者が堀を渡る兵を発見すると、伝令が走り、付近の門にいる五人のいずれかに襲撃の報が届くというしくみであった。

当時、ガルア以外にも、城砦都市は数多く存在していた。その性質上、壁にも守城の工夫がなされている。たとえば、小窓のようにあつらえた石の壁から、矢、弩《いしゆみ》などを射ることができる。出窓のようになった場所からは、石や熱した油、糞尿などを落として壁を登る兵を撃退していたようだ。

むろん、この都市も例外ではない。とはいえ、五人には無意味であった。前述のようなものは多人数で運用するものである。一人では用をなさない。

コルネリオの部下たちも、

「付き合わせる義理もないだろう」

という、ダリウスの言によって、戦闘には参加させていなかった。彼らしい振る舞いだが、邪推すれば、後に代償を求められることを嫌ったのかもしれぬ。

そういった諸々の事情があって、攻めるナセルの兵を撃退するのは、結局のところ、ダリウスたち個人となる。主に一人で迎撃するわけだから、目立った抗戦法があるわけでもない。

堀を渡る船に、火矢を射込むだけだ。

逆に言えば、その策が失敗した場合、かなりの苦戦を強いられることになる。幸いなのは、やはり、王国兵が攻城兵器を持たないことであろう。縄梯子《なわばしご》などで壁を登る以外に、手段がないのである。

それにしても、何十本もの縄梯子を一人で処理してゆくのは、骨の折れる作業であった。援護射撃の矢にも晒《さら》されるので、危険この上ない。

危ない橋を渡らぬためにも、矢を射るときは真剣であった。あの、ダリウスですら全身に緊張感を漲《みなぎ》らせる。

そもそも、弓術は苦手なのだ。

稽古のとき、射っても射っても当たらぬ己の腕に短気をおこし、手元にあった投げ槍で標的をぶち抜いたという逸話も残されている。ちなみに、的は甲冑《かっちゅう》であった。膂力《りょりょく》だけは、すさまじい。

その桁外れの力が、弓には不必要なものなのだ。

解剖学的に言えば、制止させる筋肉が重要になるのである。的に狙いを定め、ぴたりと腕を固定させる筋肉だ。どうやら、ダリウスは動的な筋肉が発達しすぎていたと思われる。

さらに、弓の弦が軽すぎた。

この旅では、剣と槍以外の得物を持って来ていない。仕方なく、城の武器庫を物色したのだが、

「なんだ、この軽さは」

と、頓狂《とんきょう》な声を上げるばかりであった。

いちばん重い弓が、「五人弓」なのだ。五人がかりで弦を張ったものである。一般の弓と比べるならば遥かに重く、並の者にはまず引けまい。だが、幸か不幸か、ダリウスの使用する弓は「八人弓」なのである。五人弓ですら、軽く感じるのだ。

動的な筋肉の持ち主が、軽い弓を持てばどうなるか。ふらふらと狙いが定まらず、的に命中しないのは明白だ。

ダリウスの緊張感と疲労は、普段の倍はあったであろう。

一方、弓が巧みなのは、ラザークである。一芸に秀でているだけでは、傭兵《ようへい》として戦場から生還することはできない。いまは騎士の真似事をしているに過ぎないのだ。

平地で対陣した場合、まず矢の応酬で戦は始まる。続いて、長槍を携えた者が援護射撃を背に進撃。槍が交わった頃に、豪雨のごとき矢の射撃が終わり、槍兵の隙間《すきま》を縫うようにして、騎士の突撃が行われるのだ。

騎士というのは、一見して華やかではあるが、先に従士や傭兵の露払いがあってこそ生きてくるものであった。

ラザークは、そういった露払いをしてきた男である。弓の扱いに長《た》けていたのも、当然のことだろう。

アスティアも、かなりの腕前であった。この場合、暗殺で使用した経験であろうか。弦は軽いが狙いは外さぬ。火矢であるから勢いなどは無視しても構わない。的に届けば、差し支えないのである。

キルスは、騎士としての訓練しかしていない。剣術、馬術、槍術は巧みだが、弓術は褒められた腕ではなかった。フィアナに至っては論外である。それでも、めったに的を外さないのは、天賦の才と言うべきか。

にしても、そろそろ限界が見えはじめている。

アスティアとフィアナは、交代で睡眠をとっていたから、まだ体力が残っていた。ダリウス、キルス、ラザークの三人は、山城の酒宴の夜から四日間、ほとんど睡眠をとっていない。さすがに、睡魔には抗しきれぬ。明らかに疲労の色が濃い。これ以上、体に鞭《むち》を打てば、意識が途絶えるように寝てしまうだろう。

猛者《もさ》たちの体力にも、やはり底はあったのだ。

日没が迫っていた。

北側から西へ延びたアルクート山脈に、太陽が、その身を沈めてゆく。稜線に沿って陽光が伸び、黒々とした峰との鮮烈な明暗が瞳に刺さる。

ガルアの町並みには、早くも夜の帳《とばり》が広げられた。

「勝負をかけるか」

ついに、ダリウスが心を決めた。問題は、相手の士気がいまだに高いことだ。

五人は、町の中央にある宿に集まっている。門衛は、使用人たちに任せていた。攻撃があれば、伝令が来るであろう。中央であれば、四方に走る距離は均等になる。

「どうしましょうか」

という、キルスの問いに、ダリウスは何気ない調子で言った。

「少人数で多人数を相手にするときの戦法は、一つだ」

「そう言うと思ってました」

キルスが苦笑いをする。

本来、少数対多数の戦法は数多く存在する。奇襲一つにしても、環境の変化により千変万化した。まともな戦場であれば、後背に回って補給線を分断する手も、基本の部類と言ってもよい。

だが、ダリウスの戦法は一つである。そして、ダリウスにしかできぬ戦法でもあった。

「雑魚《ざこ》にかまわず、頭を潰《つぶ》す」

である。

大公国滅亡の際、セヴェロスの帝国兵を相手にやってのけたことだ。それを、再現しようと言うのである。

「あのとき、セヴェロスは殺さなかったが」

呟《つぶや》きの後半は、不明瞭で誰も聞き取れない。それでも、言わんとすることは、全員が理解していた。

「さて、ナセルはどうしよう」

というわけだ。

その瞬間になってしまえば、おそらく考えることはできまい。勢いで、生死が分かれる。ナセルの生死であった。己が死ぬことなど、一片も考えない。ただし、生きることも頭から消えている。

いや、そもそも、「生きること」などという単語は、彼の語彙《ごい》に存在しない。『覚書』には、生死に関わる言葉が幾つも書き散らしてある。だが、すべて「生き方」と「死に方」であった。

こうして生きてゆこう。こんなふうに生きて行けたらいい。こうやって死のう。かくあるべきだ。云々《うんぬん》。

つまり、行き着いた先が死なのだ。

強靱《きょうじん》な生存本能に支えられ、それが当然となっている人間。その人間に、「生きること」を考える必要があるものか。

ダリウスの大胆極まりない言動は、肉体の頑強さだけではない。この、楽天的とも言える精神の根の太さであった。

「しかし、なんだな」

ダリウスが、欠伸《あくび》をかみ殺しながら言う。

「圧倒的な負け戦というのは、血が躍るなあ」

面白くてたまらないといった口ぶりである。

「しまった」

と、キルスが内心でがっくりと首を垂れた。どうやら、我が主《あるじ》は今回の戦いに味をしめたようだ。これで生き残っても、大陸のどこかで戦があった場合、敗者に付いて戦うだろう。心身ともに労が絶えぬ。

「瀉血《しゃけつ》して寝たほうがいいわね」

アスティアが冗談を飛ばして、フィアナと顔を見合わせ笑っている。

「いっそ、本当にやってもらいたい」

憔悴《しょうすい》しているキルスの肩を、ラザークが小突く。

「血を貰《もら》っておいたらどうだ」

ラザークの冗談というのは驚きであったが、いまのキルスには皮肉としか思えぬ。

「うるさい」

反駁《はんばく》して、ダリウスを見た。そして、呆《あき》れたようにため息を吐きだす。

椅子に腰掛けたまま、顔を天井に向けて寝息を立てているのだ。

であった。

「絶対に、長生きするな」

アスティアに揺り起こされたダリウスを横目で見つつ、席を立つ。部屋に戻って寝るつもりであった。

夜勤はアスティアとフィアナである。どうしても手に負えないときは、ダリウスらを起こすことになっていた。キルスも、おそらく、何度か起こされるだろう。

「それでも、眠れるな」

寝台にもぐり込み、睡魔に身を委ねる。

反撃の朝までの、束の間の幸福を心行くまで貪《むさぼ》るつもりであった。

この、包囲のさなか、ガルアに住む人々は何をしてたのか。それだけではない。壁の外側にも貧しいながらも居を構えていた者がいる。彼らは、市場としてガルアの町を生活拠点としていたのだ。

最初は、壁の内外を問わず、多くの者が戸口を固く閉ざしていた。この国は、徴兵制である。招集の命令が下るまでは、おとなしくしているのが常であった。

ところが、どういうことか、王城の食料庫を開放するという。その後は、例のお祭り騒ぎである。もっとも、この騒ぎはコルネリオが多分に煽《あお》ったのも一因であった。大商人が派手に品物をばら蒔《ま》けば、小売商もつられて動く。

フィアナが姿を見せ、騒ぎは最高潮に達していた。

コルネリオの計算高い頭脳《がめつ》が、このとき、ある台詞を吐きださせた。

「皇女は、ナセルの支配から我々を解き放ちに戻ってこられた。いまより戦となるが、何も心配することはない。皇女は必勝の策を持っておられる。我々は、ただ、勝利を祈ればよい。この祭りは、そのためのものなのだ」

決定的であった。

むろん、あまりの無謀さに、コルネリオに詰め寄ってくる町の富豪や名士などもいる。そういった者には、彼女の背後に帝国が付いていることを打ち明けた。当然のことながら、自分が「お抱えの商人」になる約束をしている事などは一言も喋らぬが。

帝国の支えがあることを知った有力者たちは、俄然《がぜん》、やる気を出した。帝国のような大国の版図《はんと》に組み込まれる。そこに生じる利益は、王国領である現在と比べ物にならない。経済的な増益以外にも、文化、情報、自身の栄達など魅力は尽きぬ。

「めでたいことだ」

と、たちまち協力の姿勢をとった。もしも、単なる誤解だと知れたなら、全員が首を括《くく》ったに違いない。

この当時は、有力者を味方に付けた時点で大勢は決定する。一般の人々というのは、政治や国家の動きには関わらないのが常であった。別段、無関心なわけではない。

「卑賤《ひせん》の者に、政《まつりごと》はわからぬ」

という教育が徹底していただけである。卑賤と述べたが、この場合、政治に口出しできる実力者以外の者を指す。こういった体制の上であぐらをかいていた者たちの子孫が、後世に民主運動や労働者運動などで冷や汗を流すこととなる。

もっとも、一般の民衆にも楽天的な、政治に関する無関心があったことは否めない。農民の反乱といったものは、この前後の歴史にも数多く刻まれている。だが、彼らの不満というのは、よほどの圧制にならないかぎり噴出することはなかった。

「食べていけるから、いいだろう」

といった、非常に気楽な考えが支配していたらしい。

一家で食事をし、仕事をし、子供を育て、時々、酒を飲み、亭主は商売女に手を出して女房に尻を蹴飛ばされ、奥方連中は井戸端会議に花を咲かせる。

そういった平和が、実は、一番であることを知っていた。

果てのない欲望の充足と幸福の違いを、経験で理解していたのかもしれぬ。

ともかく。

自分たちを卑賤と呼ぶ連中が、上でごそごそやっている様子を見て、

「まあ、この程度ならなんとかなるか」

という決定を下したのである。有力者の牽引《けんいん》に一任したのだ。

一方、壁の外にいた人々である。

彼らの多くは、いわゆる市民権を持たない者たちだ。他国から移住してきた者や、ガルアという都市で税金を払えるほどに収入を得ていない者であった。コルネリオのような商人に雇われて、農園や牧畜なども営む者もいる。

ガルア市民の予備軍といったところか。

彼らの間では、急速にナセル以下、四千の兵の評判が落ちていった。

直接の原因は、壁の中のお祭り騒ぎであった。門を閉ざし、跳ね橋を上げての騒ぎだ。普段の祭りであれば、何ら不自由なく出入りができた。彼らも存分に楽しむことができたのである。娯楽の少ない時代だ。祭りは最大の催し物である。

それを、壁の中に住む連中だけで楽しむとは。

単純な嫉妬《しっと》の矛先が、ガルアを籠城《ろうじょう》に追い込んだナセルの兵に憎悪として向けられた。

さらに、徴兵である。

兵を増強するために、外に住まう人々を駆り出したのだ。

「昨日までの友人に、弓を引けるはずがないだろう」

人々は激怒した。騎士や兵士の横暴さに怒り、次いで、このような連中に税金を払い頭を下げていた自分自身に憤慨した。

村単位で武装し、馬防柵を村の入口に置いた。徹底抗戦の構えである。

なぜ、ナセルのような男が、これほど単純な過ちを犯したのか。このような結果になるのは判りきっていたはずである。

辛辣《しんらつ》な表現の多い『士伝記』にも、

「誰しも、間違いの一つぐらいはある」

と、同情的な記述が残されている。

ナセルと騎士団、および王国兵の威信は失墜した。彼らにも、感情はある。疎まれ、軽蔑されれば、やる気も失せるというものだ。

包囲三日目の朝を迎える前に、士気はどん底に陥っていた。

朝駆け

東の空がわずかに白んでいる。西に目を向ければ夏の星座が、いまだ輝く。

七月十五日。

「晴れそうだ」

と、ダリウスが薄暗い空を見上げて呟《つぶや》いた。夜の闇に冷やされた微風が吹く。昂《たかぶ》り、火照《ほて》った体に心地よい。

上下とも、分厚い生地の服に着替えていた。首から上と、くるぶしから下以外は、肌の露出した部位はない。フィアナの持ってきた鎧下《よろいした》を着る。続いて、軍用の革靴に足を通す。脛当《すねあ》てのひもを結び、足の甲を保護する甲当ても着ける。腰と太股《ふともも》には細長い鉄板を編み込んだ、綿の甲である。さらに、鎖帷子《くさりかたびら》を着る。戦闘中、首に当たって擦れぬように位置を整えた。その上から革鎧を身に着ける。最後は、肘まであろうかという籠手《こて》だ。その紐を、アスティアが一言も発せずに結ぶ。

二、三度、体をひねり具合を確かめる。

「よし」

小さく頷《うなず》いた。見上げるアスティアとフィアナの視線に気づいて、口の端《は》の笑いで応じた。

「ご無事で」

アスティアの言葉は、この一言であった。

反撃は、男たち三人で行う。アスティアは、フィアナを最後まで守るのが役目であった。

「これは私の喧嘩ではなかったのですか」

昨晩、そう詰め寄るフィアナに、ダリウスは意外にもあっさりと点頭する。

「では、どうして私も……」

「そりゃあ、簡単なことだ」

ダリウスの顔は、まるきりの、やんちゃ坊主である。

「俺が奴と喧嘩したいだけだよ」

こう言われては、もはや、フィアナには笑うことしか残されない。これが、ダリウス流の優しさであることは判る。しかし、吐いた台詞も本心なのだ。

「この人に好かれた女は大変だ」

だからこそ絆も深い。と、アスティアに尊敬の念まで抱いた。

「私は、もう、一人でも大丈夫ですよ」

愛馬を引いて、闇の奥に消えたダリウスを見送りつつ、フィアナが言う。二人の気持ちが、今の彼女には激しい痛みとして自覚できる。

「行っても足手まといになるだけ。止めても耳を貸すわけがない。だったら、黙って見送るしかないわ」

アスティアの口調は明るい。自然現象を前にしたような諦めであった。

「追いつけるところまでは、一緒に歩こう」

そう思っている。

「戦場にまで、付いていく義理はないもの」

「強い人ですね」

フィアナの言葉には、羨望《せんぼう》の響きがあった。

「貴方は、もっと強くなるわ。皇女さま」

アスティアは微笑むと踵《きびす》を返す。まだ、警戒を解くわけにはいかない。町の中央に戻って、仮眠をとるつもりであった。

アスティアの仮眠は熟睡となったはずだ。

締め出されたナセルと王国兵は、夜襲をする気も失せていた。ともかく一晩を過ごし、三日目にかけるつもりである。むろん、考えていたのはナセルであって兵士たちは不貞腐《ふてくさ》れるように寝ていた。

幸いにも、国境の状態は今のところ平衡を保っている。ただし、このままガルアの包囲を続けると、間違いなく進軍して来るであろう。主城を囲むという異常事態を見逃すほど、セヴェロスがお人好しとは思えぬ。

現在の状況は、まだ、国境に陣を敷いた帝国軍にすら伝わっていない。十七日に、帝都カルディアに到着した伝馬に至っては、それ以前の報を持ってきている。

ナセルには、帝国の情報網の動きなど判らぬ。予想するだけだ。

「まだ、間に合う」

というのが、彼の予想であった。城を奪還し、籠城《ろうじょう》態勢を整えれば、帝国軍の動きを牽制《けんせい》できるはずである。

しかし、余裕はない。

歯嚙みするほどである。せめて、河の水をせき止めて空堀にすることができれば、随分と楽な展開に持ち込めるだろう。

持久戦に持ち込めない攻城側というのは、なんと非力なことか。

さらに、王国の一族支配の欠点も出てきた。権力を集中させるために、政治と軍事の最終決定権はナセルが握っている。太守でありながら、宰相であり元帥でもあるわけだ。一族以外の官職は形骸化し、名誉職に成り下がっていた。しかも、親ナセル派で占められている。

今まで問題が起きなかったのは、ひとえにナセルという男の政治手腕のおかげであった。

ナセルは「政治家」であると、幾度か述べた。ガルア国を滅ぼした後、太守となった彼の働きは確かに称賛に値する。反乱の種を鎮《しず》め、戦後の混乱を収拾した。金銀の変動を最低限に押し止《とど》め、流通を円滑にし、以前よりも町を活気づかせた。

が、どこまで行っても「政治家」なのだ。

彼の得意とする分野は政略であり、個人の武勇はともかく、軍略は二流であったと言わざるをえない。特に、戦場における指揮官としての能力だ。

その証拠が、攻城三日目の朝にある。

かがり火も尽き、小さな炎の下では見回りの兵が槍を抱いて寝ていた。見張りが寝てしまうということは、交代の要員を出し惜しみした証拠である。同時に、相手は籠城すると決めつけてしまった思慮の浅さにも繋がるだろう。

「まさか、五人で攻めてくるはずもあるまい」

といった、甘さがあった。

逆である。

無勢で多勢に勝利するには、奇襲が最も一般的だ。ほぼ間違いなく、そういった戦術をとってくるはずなのだから、対策をこうじておかなくてはならない。

また、ナセルの軍勢は一か所に集まっていた。幕を設営し、馬を繋いでいる。

軍勢は相手の八百倍である。一か所に集める必要はないはずだ。三つか四つに分けたとしても、各個撃破の憂き目にあうことなど常識ではありえない。分けていれば、一か所が攻撃を受けたときに、他から増援を回すこともできる。

それをしなかったのは、多勢でもって威容を見せつけるという、多分に政治的な意思表示をしたかったということ。もうひとつ。形骸化してしまった兵制では、騎士団長などという役職すら名前だけの代物と化していたことが挙げられる。つまり、兵を分けても、ナセルの指示がなくては動けぬ状態であったのだ。

勝手気ままに動かれても困るが、命令が下るまで動けぬ軍隊というのも問題がある。

欠陥の上に、士気の低下が重なった。

ダリウスの狙っていた小さな勝機が、いま、ここにあった。

陽光のかけらが、山脈の頂から弾け出した。

「夜明けだ」

愛馬の鞍上《あんじょう》で、ダリウスが笑みをつくる。背中に、熱い光を感じていた。眼前には王国兵の幕営《ばくえい》が連なり、奥に、ガルアの壁がそびえている。石の壁が、発光しているかのように白く輝く。見渡す一帯から、夜の闇が駆逐されてゆく。

三人が、三様に幕営を眺めていた。

北の門から出ると、東側に陣取る王国兵の背後に回ったのだ。

「ナセルの幕は、おそらく、あの旗が立っているやつです」

一分の隙《すき》もなく騎士用の鎧を着込んだキルスが、幕営の一角を指し示す。

「一直線に行くぞ。他の幕には目もくれるな。進路を塞ぐ者だけ叩け」

ダリウスの言葉を聞いて、ラザークが体をひと揺すりする。得物の鉄槌《てっつい》を地面に置くと、弓矢を取り出した。矢は火矢である。松明《たいまつ》の火を移し、次々と射かけた。

ぼすっ。という鈍い音を立てて幕に刺さると、たちまち燃え広がる。

一瞬の間をおいて、兵たちが幕から飛びだした。

「か、火事だぁっ」

「敵襲っ」

悲鳴に近い叫びが、夜明けの静寂を打ち破った。火は飛び、飼葉《かいば》からは煙がのぼり、馬たちが嘶《いなな》く。ろくに武装も整えていない兵士たちが、何とか延焼をくい止めようと走り回る。炎に怯《おび》える馬をなだめる。

幾人かが、馬蹄《ばてい》の鳴動を耳にした。東側を見る。強烈な陽光に眼球を貫かれるような痛みを覚え、瞳孔が収縮した。

誰もが目を疑った。

朝日を背に、三騎、駆けてくる。白光の中心に漆黒の姿で浮き上がっている。

「何者だっ」

誰何《すいか》の声を無視すると、土埃《つちぼこり》を巻き上げげつつ駆け抜けた。

陣風だ。

真紅の風。ダリウスである。さらに漆黒の風が二つ。

まっしぐらに、ナセルの幕へ馬を走らせていた。

「馬を止めろっ。ダリウスだっ」

三人を追うように怒鳴り声が飛ぶ。槍を持った兵が数人、幕の陰から飛びだした。すれ違いざまに攻撃を加えるつもりであろう。

「どけっ」

吠えると、ダリウスの腕が真一文字に翻《ひるがえ》る。右側から突き出された槍が三本。削《けず》り出しの槍に、呆気《あっけ》なく砕け飛ぶ。左側の槍は突き出される前に、間合いを詰めたラザークの鉄槌にへし折られた。

背後からは、ようやく鞍《くら》に座った騎士たちが追いすがってくる。

「ラザークっ」

キルスの声に、ラザークが持っていた鉄槌を投げ渡す。鞍に掛けていた短弓を取り出し、矢筒から流れるような動作で背後の敵を狙い撃つ。

中途半端な武装で攻勢に出た騎士たちが、派手な音を立てて転げ落ちた。鐙《あぶみ》が外れずに引きずられる者もいる。土埃が舞い上がり、後方の視界が不明瞭になった。

「前だっ。鏑《かぶら》っ」

ダリウスの声が上がった。半ば無意識の反応で矢筒から鏑矢を取り出し、前方に射る。射ってから、気がついた。

前方に騎馬数十騎が、こちらに向けて突撃をかけてきている。その中央に、放たれた鏑矢が猛烈な勢いで飛翔していく。ヒュルヒュル、と甲高い音をまき散らしつつ、突撃して来る騎士たちの頭上を飛び越える。

途端に、馬列が崩れた。中央を境に、左右に割れた。まるで、透き通った巨大な手が隊列を押し分けたようだ。

激しい衝突音が怒号の中で響きわたった。割れた道に、三騎が飛び込んだのである。それでも、幅は狭い。強行突破であった。

赤毛の巨馬が、魔獣のごとき獰猛《どうもう》さを顕《あらわ》わした。ぶつかる王国の騎馬が、弾けるように左右へ吹き飛ばされた。鎧が触れ合い、張り詰めた馬体には幾つもの掠《かす》り傷が刻まれる。それも、一向に意に介さない。大地を穿《うが》つ蹄《ひづめ》は、常に前進を欲し続けた。

突破。

「重いのなんの」

と、キルスがラザークの鉄槌を投げ返す。まだ、余裕は充分だ。

背後では、追っていた騎士たちと突撃していた騎士たちが鉢合わせ、互いの馬脚を乱している。

ようやく、陣の中程に達していた。

一騎、立ちはだかった。

まだ遠い。が、判別できぬほどではない。その人物を、ダリウスは知っていた。あの「色若のような」青年である。

「ナセルの息子にしては、質素な兵装だな」

間合いを詰めつつ、ダリウスが悠長に首を傾げる。冷静に考えてみると、当然のことであった。なにしろ、無理に連れてこられたのだ。本来は、国境の防備をするのが役目であるから、武具も国境の山城に置いてあるに違いない。

青年は黙したまま、槍を構えた。これも、自前ではあるまい。両手に持って、腰だめにしていた。鐙に力が入っている。

ダリウスのような怪物相手には、突撃しても弾き飛ばされるのが関の山である。ならば、動かずに迎撃したほうが勝てる可能性もある。鐙に力を入れておけば、馬自身の力で相手の突進力に耐えられる。もちろん、失敗すればまともに衝撃を食らう。槍の末端まで貫かれるのは間違いない。

ダリウスが、青年を回避すれば何事もなく終わるだろう。だが、青年は迫り来る武人の性質を見抜いていた。こちらが勝負を挑む姿勢を崩さぬ限りは、性格上、避けることなどあり得ないはずだった。それが判っているからこそ、青年はこの姿勢をとったのだ。

果たして、その通りになった。

真っ向から、ダリウスは青年に突き進む。

間合いに入った。ダリウスの喉に目掛けて、鋭い一撃が牙を剝《む》く。

「遅いっ」

言うなり、ダリウスは体を開いた。首の横、紙一重を虚《むな》しく槍の先が貫く。引き戻される槍を、がっちりと摑《つか》まれる。

「しまった」

青年は内心で、ほんの一瞬の舌打ちをすると槍を手放した。咄嗟《とっさ》の判断は、実に的確であったと言える。が、しかし。その判断力よりも、ダリウスの敏捷性《びんしょうせい》が遥かに勝っていた。

槍を両手で構えていたことが、青年には災いした。すれ違いざまに、摑まれた得物の柄《つか》へ乗せられてしまったのである。腹部で折れるような姿勢で、尻が鞍《くら》から離れる。一旦、後方へずれたことで、鐙から足が外れてしまった。そのまま、まるで棒に引っ掛かった布切れのような扱いで、軽々と放り投げられた。

奇妙に滞空時間の長い遊泳をしたのち、幕営の一つに落ちる。張っていた布が破れ、地面に打ちつけられたが、肘と膝に掠り傷ができた程度だ。幕に当たったことで、落下の勢いが殺されたのである。

慌てて身を起こすと、三騎はすでに先へと疾駆《しっく》していた。使った槍が、地面に突き立ててある。馬が、突如として消えてしまった主《あるじ》を探して心細げに佇《たたず》んでいた。

「なんて人だ」

青年は追いかける気力も起こらず、その場に座り込んでいた。

ダリウスは、おそらく、わざと落下地点を幕の上に選んだのだ。理由は判らぬ。ただ、自分とダリウスの間には、途方もない技量の差があることだけは理解できた。

「あの人には、絶対勝てない」

戦慄《せんりつ》に体が震えた。恐怖と言うよりも、畏怖《いふ》と呼ぶべきものに。

一方。

青年を軽くあしらった三人の襲撃者は、ナセルの幕営に肉迫していた。

槍の列と騎馬隊の列が、二重になって立ちふさがっている。その奥に、鞍上のナセルだ。

「ナセルっ」

ダリウスが、思わず叫んでいた。歓喜に近い。荒野で獲物を見つけた、飢える野獣そのものであった。

遥か後方では、ようやくにして混乱から抜けきった追撃の兵が駆けてくる。馬蹄の響きが、地鳴りのようだ。このままでは、挟撃されてしまう。

「まだ、間に合う」

キルスが瞬間的に飛びだした。ダリウスを挟んで、左のラザークが同じように馬を駆る。まるで、申し合わせたような突進であった。

二人とも、挟撃の状態になる前に、前方にいる総大将までの道を作るつもりなのだ。その道を行くのは、ダリウスである。

捨て身の突撃、というわけではない。

「露払いと、主の背後を守ること」

が、彼らの役目なのである。まだ、背後に憂いはない。この機会を逃せば、前後に敵を抱えることになってしまう。前方の敵を蹴散らすには、いま、まさに、この瞬間しか残されていないのだ。

これまで、こうして生き残ってきたのである。

むろん、今回も生き残るつもりであった。最善の方策を採用したに過ぎない。

キルスとラザークに槍が突き出される。槍兵《そうへい》というのは、むやみに馬を狙うようなことはしない。馬は高価なものであった。特に、軍馬として飼育された馬は価値が高い。また、稀少《きしょう》である。

戦場は、馬を手に入れる絶好の場所なのだ。

馬を殺さないというのは、
無法のように見えても、実は存在するのである。

したがって、鋭角な槍の先は、人の血を吸うために繰り出される。キルスには、三本の槍が迫った。ダリウスやラザークと比べて非力な彼は、得物が細剣である。間合いが、すこぶる短い。相手が槍では勝ち目がない。

常人ならば。

幸いに、そして、王国兵には不幸にして、キルスはただの優男《やさおとこ》ではない。

突き出された槍を、ことごとく避けた。四本、五本と数は増すが、掠り傷すら負わぬ。しかも、前に進みつつ避けるのだ。この体技の巧みさと素早さが、この男の真骨頂であった。

「足だっ。足を狙え」

叱責《しっせき》に似た声が飛んだ、そのときには、すでに槍兵は細剣の間合いにある。

正面から彼の剣技と渡り合って、なお後れをとらなかった者は、ラザークだけだ。ダリウスとは、手合わせしたことがない。

「勝てる戦しかしない主義なんです」

と、平時であれば冗談まじりに語ったことであろう。

つまり、いま剣を振るうのは勝てる戦であったからだ。と言える。

踏み込む。たちまち、三人が喉から鮮血を吹き上げた。馬はそのまま、力を失って崩れる兵士を蹴散らす。

基本的に、馬上の者は左側が完全な無防備状態になる。得物を右手で持つためだ。騎馬隊が左側面の攻撃を恐れるのは、このためである。これを補うために、両手に武器を携えて戦場を駆けめぐった将もいた。とはいえ、稀《まれ》な例といえよう。普通は、馬の廻りで槍や剣を持つ者が援護することになる。

今回は、左を守る男がラザークであった。

この器用な男は、左右のどちらの腕でも武器を使いこなせた。傭兵《ようへい》だから、というわけではない。自身の鍛錬の賜物《たまもの》である。

ラザークが、キルスの左側で左手でもって鉄槌を振り回す。これで、一対となり死角が生じない。

鉄槌が、襲いかかる槍をへし折る。一撃で、三本まとめてきれいに消し飛ぶ。相手の敵愾心《てきがいしん》と勇気まで根こそぎ削り取る、すさまじい破壊力である。衝撃は柄《え》を伝わって、手元にまで届く。体ごと払いのけられた状態と、大差ない。得物を失った槍兵が、悲鳴を上げつつ横っ飛びに弾かれる。

穴が開いた。道が生じた。

一拍の間をおいて、ひときわ巨大な真紅の物体が、逃げ遅れた兵士を踏みにじる。後ろ足で巻き上げる。さらに馬上では、削り出しの朱槍が紅い残像を左右に残す。残像が消えるころには、血の帯が大気に滲《にじ》む。

二重の壁のうち、ひとつを抜けた。すぐに騎馬隊だ。馬上用の突撃槍を揃えて、突き進んでくる。

ラザークが口の端《は》に笑みを浮かべた。すでに、勝利を確信している。おそらく、包囲をするつもりで一列横隊の形をとっているのだろう。

「浅慮だな」

口中で呟く。キルスが、下がった。速度を緩めたのである。自然、ラザークが先頭になり、背後をダリウスが追う形になった。さらに後ろを、キルスが走るような態勢になったのだ。

真上から見れば、城門に破城槌《はじょうつち》を打ち込む図が展開していたであろう、しかも、この破城槌は当代一の破壊力である。

すいっ、と鉄槌が肩まで持ち上がる。次いで、信じがたい速度で真横に薙《な》ぎ払われた。重さだけでは、ダリウスの槍にひけをとらぬ代物である。それが、まるで小枝のような扱いであった。

頭蓋の割れる軽い音が、二つ。鎧がぶつかり、鉄の甲高い音が響く。

まことに呆気なく、第二陣が突破された。

ラザークが、すかさず反転する。ダリウスが、脇を駆け抜けた。

「さて、後は背中を守るだけだ」

キルスも同様に駆け抜けつつ、ラザークに声をかける。

露払いは終わった。

ダリウスは、彼らの仕事ぶりに応えねばならぬ。

ナセルを倒すのだ。

エイジェル王国ガルア太守、ナセルのいでたちは、その地位を雄弁に語っていた。馬は、白馬である。槍を携え、腰には大振りの剣が収まっている。鎧はダリウスのような革製ではなく、鉄板を一枚ずつ繋げた手の込んだものであった。滅多なことでは、致命傷は与えられまい。首回りも、しっかり保護されている。太股、脛、足の甲まで、鎧と同色。つやのある鋼色をした鉄甲であった。頭には兜《かぶと》だ。面あてがない型である。

キルスとは、また、別の意味で一部の隙もない。

一城の主にふさわしい姿と言えるだろう。

退く様子は見当たらない。ダリウスが、自然と笑みを浮かべる。そのまま、互いに一撃を交わしてすれ違った。

馬首を巡らす。振り向きざまに、再び互いの一撃が火花を大地に注ぐ。ダリウスの槍は、その特殊な製法ゆえに、どこで受けても折れることがない。もし折れるようなことがあるのならば、それはダリウスが死ぬときであろう。

ナセルは、巧者であった。ダリウスの攻撃を真正面に受けては、槍が耐えられないことに気づいている。

いなし、出端《ではな》を払い、力に逆らわない。まるで、抵抗が感じられなかった。

「こやつ、水か」

ダリウスが生まれて始めて、相手に驚愕《きょうがく》した。いままでは、必ず力の正面衝突であった。言うなれば、ダリウスは力比べをしていたようなものである。勝ち続けたということは、力でねじ伏せていたわけだ。

ナセルは、その力比べに応じてこない。

そのうえ、離れて体勢を整えようとすれば、畳みかけるように攻撃に転じて来る。

「手ごわいな」

手傷を負っていた。腕に二箇所。軽い傷であったが、血が流れ落ちている。

「信じられん」

ラザークが、迫る兵士たちを牽制しつつ呻《うめ》いた。ダリウスが劣勢であった戦いなど、見たことがなかった。

だが、敗れるとは思わない。ラザークは、主の強さを知っている。底力と呼ぶべきか。

ダリウスの強さは怪物じみた腕力と獣じみた反射神経だけではないのだ。相手に順応する速度が、並はずれているのである。

ナセルのような相手を倒すには、ふた通りの方法が考えられるだろう。一つは、さらに大きな力で押し、捌《さば》ききれぬようにすること。もう一つは、同じような動きをして相手が反応できぬ速度で応戦する。

ダリウスのとった手段は後者であった。考えて選んだわけではない。無意識に、そうなったのだ。順応したのである。

「くそっ」

ナセルに焦りが見えはじめた。交互に攻守を演じていたのが、徐々に押されはじめ、ついには防御に手一杯となってしまったのだ。

しかも、捌ききれない。

ついに、ナセルは己の戦い方を捨てた。力比べに転じたのである。

突き出した槍が、ダリウスのこめかみを掠る。血が吹いた。奥歯が軋《きし》む。

一瞬後。

雄叫《おたけ》びがあがった。

この世の、人間の声帯から発せられたとは思えぬ咆哮《ほうこう》であった。冥府《めいふ》の王が飼っているという三つ首の犬ですら、このような吠え方はしないだろう。肉迫していた王国兵が、一様に凍りつく。

彼らの瞳に映ったのは、真紅に染まる白馬と、宙を舞う主の首であった……。

寵児《ちょうじ》

イスワーンが、

「ダリウスは天の寵児だ」

と、言ったことがある。

ダリウスという男は、本当に、天に愛されていたとしか思えぬ。

「勢いを生み出す天才」

などと述べてきたが、その勢いも、天運のおかげとしか考えられない。

この、ガルアという土地と城と人にまつわる一連の事件において、史料を眺めるたびに首を傾げずにはいられないのだ。

非常に危うい綱渡りの連続ではないか。もしも、山城を攻略できなければ、どうしたのか。セヴェロスが軍を発しなければどうなったか。まだまだ、枚挙にいとまがない。

にもかかわらず、歴史は語る。

「ダリウスは、たったの五人で城砦《じょうさい》都市ガルアを占拠した。帝国暦にして十年の七月十五日、東側に陣をしいていた王国兵に奇襲をかけ、総大将ナセルの首を奪《と》る」

『覚書』には、ナセルの次男も死んだとある。首を拾い、戦線を離脱しようとしたときに立ちふさがり、ラザークの手にかかったらしい。

総大将を失ったエイジェル王国軍は、短期決戦によるガルアの奪還を諦めていた。副大将であった長男を代理に据え、西の砦《とりで》に退却したのである。

これが、十六日のことだ。翌十七日。カルディア帝国軍がアルクート山脈を三方から越えてきた。全軍を合わせると、三万六千の大軍であった。援軍を合わせても、もはや、王国軍に勝ち目はない。これ以上の抗戦は、無用な損害を生むだけである。

十八日。

カルディア帝国西方軍、軍団長ムルシードの仲介で、

「ガルア国とエイジェル王国の和平」

が、結ばれる。ガルア国は同じ日に、カルディア帝国への臣属国家としての約定も交わしている。つまり、帝国の自治国家となったわけだ。帝国領と明言していないだけの話であって、内容は、帝国が西に版図《はんと》を広げたのと同義であった。

二十一日。

正式に、自治国家として再出発することになったガルア国は、セヴェロスの推挙により、フィアナが国家元首の座についた。

「大したこと、ないんですけどね」

フィアナが、ダリウスらを招いた夕食の席で言う。たしかに、ガルアにおいての最高権力者ではあった。しかし、政、財、法、軍は、すべて帝国から派遣された者たちが取り仕切っている。

「いやいや、そのようなことはございません」

したり顔で言うのは、あの、コルネリオだ。念願かなって、城のお抱え商人となった。フィアナが、最初に権力を行使した仕事である。

「今日は、腕によりをかけた料理を用意させていただきました。どんどん、召し上がってください」

笑顔も、今日ばかりは本物のようである。

「ちょっと、辛いな」

苦笑いを零《こぼ》したのはアスティアだ。もう、気分の悪さを隠す必要はない。

子供ができた、と告げられた瞬間のダリウスは見物であった。まず硬直し、次に全身が弛緩した。満面に笑みを浮かべ、天を仰いで歓声をあげる。外に飛びだすと、愛馬に跨《また》がり、延々と駆けていってしまった。

帰ってきたのは、深夜であったという。

その間に、客があった。ナセルの三男である。

「なぜ、殺さなかったのか、その理由を知りたいのです」

ということであった。肝心のダリウスが狂喜に駆け回っていたので、結局、青年は答えを得ることができなかったようである。

ただし、聞いても理解できたかどうか、甚《はなは》だ疑問が残る。

「殺したら、また、あの演奏が聞けぬだろう」

と、帰ってきたダリウスは、例によって涼しげに言ったのだ。

「また、聞くつもりか」

と、キルスなどは胃の痛くなる思いをしたであろう。


ダリウスたちは二年ほど、ガルアに滞在した。めでたく男児を出産した、アスティアの体のこともある。大事をとったと思われる。

その間に、王国と幾度か小競り合いがあったようだ。ダリウスも参戦していた。相変わらずの奮迅ぶりだったらしい。

そのかわり、と言ってはおかしいが、エイジェル王国兵には疫病神のごとく嫌われていた。口を極めた罵《のの》りが文字で残されている。彼らには、どこの馬の骨とも知れぬ男が、突然やって来るなり、太守を殺し領土をかすめ取ったとしか見えぬ。怒りも、もっともであった。

こういった罵詈雑言《ばりぞうごん》に対して、どういうわけか、ダリウスは何ら反応を見せていない。少なくとも、『覚書』やエイジェル王国側の史料には、記述がない。

この男のことだから、後悔の言葉が見つからないというのは当然としても、愚痴や傷心の跡ぐらいは残っていてもよさそうなものだ。人を殺すということが、相手の人生や縁者の恨みつらみを背負うことだと判っていたはずである。そして、それをあっさりと割り切るほど、人間味に欠けた冷徹な輩《やから》でもなかった。

傷心を抱えたダリウスが、存在してもおかしくはないはずだ。

しかし、記述はない。

それが不思議である。

つまり、ここまで稿を費やしておきながら、ダリウスのことが一向にわからないのである。だから、これまで書いたことは、ダリウスのかけらと思ってもらってもよい。

開き直るようだが、アスティアですら、晩年に亡夫のことを訊《たず》ねられると、

「それはもう、飄々《ひょうひょう》とした人でしたよ。まるで、野を馳《は》せる風のようでした」

と、ただそれだけを、いとおしむように語るだけであった。おそらく彼女は、夫を九割がた理解していただろう。だが、他人へ伝える術がなかったのである。

つかみどころがない。

その一語に、万の想いを込めるしかなかった。

形として残せる人間ではないのかもしれない。

そういえば、ダリウスには墓もない。

「つくるな」

と、遺言したという。

「どこかの草原に埋めろ」

と、言ったとも伝えられる。広々と見通しがよく、いかにもダリウス好みの場所である。

風も吹く。

草原に立ったことのある人はわかるだろう。緑の彼方から、丈の低い草を折れよとばかりにしならせ、風が吹くのである。ひょうと鳴りながら近づき、体の細胞ひとつひとつに染み入って、背後へと馳せていく。その風を浴びるたびに、澱《よど》んだ不純物が剝落《はくらく》する。

あの男は、この風にかえったのだ。

と、それだけは断言できる。

もしかすると、ダリウスに出会った者は、彼のなかに飄々たる風を見たのかもしれない。現代に生きる我々は、野を馳せる風のなかに、ダリウスを見ることができるのだろう。

「飄々」

という妙《たえ》なる表現に、痺れるような感触を覚えつつ、筆を擱くことに決めた。

あとがき

ＧＡ文庫では初めましての花田一三六です。一三六と書いて、いさむ、と読みます。ペンネームです。

さて。紙幅が限られているので要点を。

まず、本書は復刊です。初出がどこかに書いてあるはずですが、元は角川書店のスニーカー文庫で十年も前に出版されたものでした。いちおう処女長編となっております。短編でデビューしたので、処女作ではありませんが。

また、このたびの復刊にあたっては、明かなミスの訂正以外、文章にはほとんど手を入れておりません。一度だけチャレンジしてみましたが、話の根幹から変わってしまいそうになったので諦めました。いわゆる「若書き」と呼ばれる文章ではありますが、そのころの勢いは現在の自分に望むべくもなく、自戒と羨望を込めて残しておくのもいいかと開き直った次第です。

ところで、角川では本書の「大陸」を舞台にした本を三冊出しました。このときは、すべて版型が違うという変則的な出版だったのですが、今回の復刊では、三冊すべて文庫サイズで出ます。そこで、「戦塵外史」というシリーズタイトルが、初めて付くことになりました。もう、「大陸物」とか「士伝記シリーズ」とか「花田一三六のアレ」とか、呼び名に困ることはありません。「戦塵外史」です。よろしくお願いします。

最後になりましたが、お礼を。

復刊に尽力してくださった榎本秋様。

本書を引き取った勇気あるＧＡ文庫編集部の北村州識様。

挿絵をつけてくださった廣岡政樹様。

そして。

初めて私の作品を手にしてくださった読者様。ならびに、以前から応援してくださる読者様。

ありがとうございました。

あと二冊、お付き合いいただければ幸いです。

二〇〇六年九月　　　　花田一三六

解説

榎本秋

花田一三六、という作家がいる。名前は「いさむ」と読む。この人を「いる」と今ここで書けるのは一ファンとして望外の幸せである。なにせ、しばらくの間「いた」と書かなくてはいけないような状況があったのだ。

デビュー作は一九九四年、角川書店の「ザ・スニーカー」誌に掲載された「八の弓、死鳥の矢」。この後も初単行本となる『野を馳せる風のごとく』(そう、今回復刊されたこの本である)を始め、大陸シリーズと呼ばれる同じ大陸を舞台にした一連の作品を発表していった。

しかし、大陸シリーズは長編二作目となる『大陸の嵐』を最後に単行本化されることはなかった。花田一三六自身も一九九九年に近未来アクション『レイジング・ブレード』を発表してからは沈黙が続く。その後、二〇〇三年に民族問題と独立戦争をテーマとし、いくつものエピソードを盛り込む彼らしい手法で壮大な物語を書いた『黎明の双星』三部作で華麗に復活するも、それからまたしばらくは新作が発表されることはなかった。

そこで今回のこの大陸シリーズの復刊である。実に喜ばしい。まずは、これがどんなシリーズであるのかについて解説していこう。

長編『野を馳せる風のごとく』と『大陸の嵐』の二作、そして短編集『八の弓、死鳥の矢』の短編を始めとする「ザ・スニーカー」誌に掲載された短編は、先に述べたように全て一つの大陸で起きた出来事を扱っている。だから大陸シリーズと呼ばれているわけだ。

このシリーズの特徴は、架空の歴史を設定した上で、それがまるで実際に存在した歴史であるかのように作品を書いている、ということにある。それは例えば、「見てきたようにものを書く」というのとは少しニュアンスが違う。

例えば、『野を馳せる風のごとく』の中にはこんな文章がある。

「フィアナ・アルバハート、というのが彼女の名前である。『士伝記』には「フィーナ」と記されているが、『覚書』はフィアナだ。彼女の資料として現存する『士伝記』第三十八巻は、原本ではなく粗悪な写本であるから、おそらく写し間違えであろう。」

これだけ読んでしまうと、『士伝記』や『覚書』なる本が実在し、作者がそれを調べて下敷きとしたとれる書き方だが、そんな本は実在しない。あくまで架空の存在である。だから写し間違いも何もないのだが、こんな風に書かれてしまうと、まるで実際の歴史を元にした歴史小説を読んでいるかのような気分になってしまう。

それから、こんな文章もある。

「世間一般には、「豪商コルネリオ」として知られている。現在のコルネリオ財閥は、彼の子孫が経営している企業だ。むろん、その看板は偉大な先達にちなんで命名された。」

勿論、コルネリオ財閥などというものは存在せず、その名前の元になった豪商コルネリオという人物も架空のキャラクターである。しかし、作中ではあたかも実在する人物や組織の過去の話であるかのように描かれ、物語を彩っていく。

この方法論を突き詰めたところにあるのが、とある登場人物の存在だ。彼は物語の中でそれなりに重要な位置を占めるキャラクターなのだが、なんと名前が無い。筆者曰く、「実は、困ったことに、この騎士の名前が史料にない。」のだそうである。こういったことは歴史小説ならままあることだが、架空の歴史を元にした小説においては本来あるはずがない。著者が自分で決めて名前をつけてしまえばそれで済むことだからである。

けれど、こうした一文をさり気なく入れ込んでいくことで、読者は果たして自分が読んでいるのが実際の出来事を元にした話なのか、全て架空で作り上げられた話なのかわからなくなってくる。

そうした錯覚に乗っける形で、花田一三六は骨太のドラマを描く。強烈な個性を持った人々がそれぞれの人生を歩んでいく様を、確かな筆力で一つの作品にしていくのである。ともすれば薄っぺらになってしまいかねない中世欧州風の架空世界という題材を、彼はまるでそこに生きる人々の息づかいが聞き取れるような物語にしてしまったのである。

かくして読者は、壮大な歴史の中に隠されたドラマを覗いてしまった、という満足感を胸一杯に抱えて本を閉じるのだ。

ただ残念ながら、単行本として発表された大陸シリーズは文庫、新書、ハードカバーとそれぞれ形態が異なった。さらに、数多く発表された短編も雑誌掲載のみだったり、アンソロジーに収録されただけだったりと、きちんと単行本の形で読めるのは『八の弓、死鳥の矢』に収録されたものだけである。

そのため、一作読んで大変に気に入ったが、他の作品が出ていることに気付かなかった、という方の話もしばしば聞く。だからこそ、繰り返しになるが今回の復刊は大変嬉しい。本書『野を馳せる風のごとく』に続き、順次GA文庫で復刊されていく予定だからである。

次回の配本は短編集の『八の弓、死鳥の矢』。これについては嬉しいニュースがある。なんと、新作の書き下ろし短編『策士の弟子』が収録されるのだ。これは『大陸の嵐』でも活躍したジェラルスタンの軍師フーシェとその弟子を主役とした物語で、相変わらずの花田節がたっぷり楽しめる一作になっている。

これに続くのが『大陸の嵐』。強大な帝国の侵攻とそれに立ち向かう三国の戦いがテーマの作品だ。大陸シリーズの登場人物がオールキャストで登場する、ボリューム満点の大作である。

さらに、単行本未収録の短編たちをまとめた新しい短編集、という話もある。これには現在のところ決定している三作が好評だった場合には、という但し書きが付くのだが、大陸ファン、花田ファンにとってはなんとも夢が広がるニュースではないだろうか。

今振り返ってみると、花田一三六は早すぎたのかもしれない。架空だがリアルな異世界と、そこに生きる人々の骨太のドラマ、という特徴を持った作品は受け入れられにくかったのかもしれない。だが、時代は彼に追いついた。ここ数年、そうした骨太の人を描いた、戦記ものの需要は着実に増えている。だからこその、今回の復刊なのだろう。

ファンレター、作品の感想を
お待ちしています

〈あて先〉

〒107－0052
東京都港区赤坂4－13－13
ソフトバンク クリエイティブ（株）
GA文庫編集部 気付

「花田一三六先生」係
「廣岡政樹先生」係

http://ga.sbcr.jp/

戦塵外史《せんじんがいし》　野《の》を馳《は》せる風《かぜ》のごとく

発　行　2006年10月31日　初版第一刷発行
著　者　花田一三六
発行人　新田光敏

発行所　ソフトバンク クリエイティブ株式会社
〒107−0052
東京都港区赤坂4−13−13
電話　03−5549−1201
03−5549−1167（編集）

装　丁　株式会社ケイズ（大橋 勉）

印刷・製本　中央精版印刷株式会社

ISBN4-7973-3776-1
Printed in Japan　GA文庫

すでに祭りの高揚状態にあった。
フィアナの名前が大声で連呼され、
建国の歌が大合唱される。